WISHBOOKS GAME FANTASY STORY

판렙 플레이어 25

비츄 게임 판타지 장편소설

초판 1쇄 찍은 날 | 2020년 8월 20일
초판 1쇄 펴낸 날 | 2020년 8월 27일

지은이 | 비츄
펴낸이 | 예경원

기획 | 위시북스
편집책임 | 이은송
편집 | 위시북스

펴낸곳 | 예원북스
등록번호 | 제396-2012-000132호
등록일자 | 2012. 7. 25
KFN | 제1-546호

주소 | 경기도 고양시 일산동구 호수로 646-24 위너스21Ⅱ빌딩 206A호 (우)10401
전화 | 031-819-9431 팩스 | 031-817-9432
E-mail | yewonbooks@naver.com

ⓒ비츄, 2018

ISBN 979-11-365-3454-5 04810
        979-11-6098-880-2 (set)

25

WISHBOOKS GAME FANTASY STORY

비츄 게임 판타지 장편소설

Wish Books

CONTENTS

1장
헤인의 지하실

한주혁은 고개를 갸웃했다.

'저게 아닌 것 같은데.'

하늘을 부수기는 했다.

순식간에 필드가 지하실처럼 어두워졌다.

옆에서 묘비가 불타고 있기는 한데, 빛은 없었다. 불타고 있다는 '사실'만이 느껴지고 있을 뿐.

한주혁은 직감했다.

'그냥 눈속임?'

하늘은 눈속임이다. 뭔가 '있는 척'했다. 만약 한주혁이 꼬꼬 없이 그냥 하늘을 부쉈다면 말 그대로 '척'으로 끝났을 수도 있다.

"눈속임이면 뭐 어때?"

사실 상관없다.

"꼬꼬."

꼬꼬가 한주혁 앞에 배를 붙이고 납작 엎드렸다.

키엑!

한주혁은 꼬꼬의 말을 이해했다.

하늘을 부순 건 한주혁이다. 그런데 그 부서진 하늘에서 길을 찾는 건, 히든 피스와 경로를 찾아내는 능력을 가진 펫. 꼬꼬의 역할이다.

한주혁이 꼬꼬의 등에 올라탔다.

"길. 찾을 수 있지?"

키엑!

꼬꼬가 고개를 끄덕였다.

"날자. 꼬꼬."

키에엑!

꼬꼬가 하늘을 날았다. 태르민은 최소 15분이 걸릴 거라고 장담했었다.

순식간에 필드가 변했다.

주변은 숲.

'필드 알림은 없고.'

필드가 달라졌다는 알림은 없었다. 그렇다면 여전히 같은 필드라는 소리이기는 했다.

"그래. 길 잘 찾네."

꼬꼬가 애교 가득한 눈동자로 한주혁을 쳐다봤다.

꼬꼬는 한주혁에게 잘 보이기 위하여 안달이 난 상태. 무엇이든 또 시켜만 달라는 듯한 태도였다.

한주혁의 눈앞에는 허름한 오두막이 하나 보였다.

에르페스 황궁. '그곳'에 모인 NPC들은 아무런 말도 하지 못했다.

"네오마르의 오두막에…… 도착했다고…… 합니다."

"……."

원래대로라면 일정 시간 이상, 묘비가 불타오른 이후에나 길이 열린다. 오두막으로 향하는 길이 아예 없는 필드다. 그래야만 하는 필드. 그런데 길이 있었나 보다.

"소요 시간은 불과…… 1분 내외입니다."

"……."

소요 시간은 1분.

최소 15분이라고 장담하던 태르민의 얼굴이 구겨졌다.

복면을 쓰고 있어서 보이지 않았지만, 이곳에 모인 모두가 그렇게 생각했다. 태르민의 표정이 아주 좋지 못하다고.

태르민이 애써 침착한 척 말했다.

"아무래도 숨겨진 길을 찾아내는 능력을 가지고 있는 것 같군요."

다른 NPC들이 비위를 맞춰주었다.

"그런 것 같습니다. 길을 창조하는 능력을 가진 것 같습니다."

"절대자의 특수한 힘일 확률도 높습니다."

물론 다 아니다. 이건 절대자 한주혁의 힘이 아니라, 그냥 스스로 펫 1호라고 주장하는 펫, 꼬꼬의 힘일 뿐이다.

태르민이 침착하게 말을 이었다.

"오두막을 열지는 못할 것입니다. 특별한 자물쇠가 버티고 있으니까."

다른 NPC의 죽음을 목전에서 봤다.

다들 그 말에 동의했다.

"물론입니다."

"제까짓 것이 아르만티움으로 만든 자물쇠를 어떻게 열겠습니까?"

"결국 여기서 시간을 전부 소비하게 될 것입니다."

※

한주혁은 이 오두막에서 묘한 기운이 느낄 수 있었다.

'오두막 안에 플레이어가 있는 건 아닌 것 같고.'

들어가 봐야 알겠지만 오두막과 또 다른 필드가 연결된 형태인 것 같았다.

숲. 묘비. 숲. 오두막. 그리고 또 다른 필드까지.

'뭐 이리 복잡하게 설정해 놨어?'

아무래도 이거. 뭔가 있기는 있는 것 같다.

방금 넘어온 필드의 묘비가 불타고 있는 것도 그렇고. 오두막과 또 다른 필드가 연결되어 있는데, 여기서 플레이어의 기운이 느껴지는 것도 그렇고.

뭔지는 모르겠다만.

'시간을 끌려는 개수작 같은 느낌이 들어.'

빠르게 움직이는 게 좋겠다는 판단이 섰다.

움직였다.

오두막의 문 앞에 섰다. 아무나 문을 열 수 있는 건 아닌 것 같았다.

설명창 활성화가 가능했다.

<아르만티움 자물쇠>

미지의 금속. 아르만티움으로 만들어진 자물쇠입니다. 태초 생성 시에 설정되어 있는 조건이 아니면 이 자물쇠를 열 수 없습니다. 자격이 없는 자가 손을 대면 생명에 지장이 있을 수 있습니다.

아르만티움 자물쇠는 꽤 큼지막했다. 전체적으로는 검은색을 띠고 있었는데, 이상하게도 한주혁은 그것을 '황금'에 가깝다고 느꼈다. 말하자면 검은색 금 같은 느낌이랄까.

한주혁이 자물쇠에 손을 대자 알림이 들려왔다.

-특별한 조건이 필요합니다.

생명에 지장이 있을 수 있다는 설명은 의미 없었다. 아무런 지장도 없고, 아무런 느낌도 없었다.

아르만티움 자물쇠가 무엇인가 충격을 준 것 같기는 한데. 바람결에 휘날리는 나뭇잎이 닿았다가 사라진 느낌이었다.

한주혁 기준에서 약해 빠진 반격 따위는 신경 쓰지 않았다. 이어지는 알림에만 집중했다.

-오성(五星) 장군의 칭호가 필요합니다.
-오두막 주인의 '생체 정보'가 필요합니다.

오두막의 주인이 누구인지는 모르겠지만, 일단 오성 장군의 칭호가 필요하고 생체 정보가 필요하다는 것으로 보아, 오성 장군 중 누군가가 이곳의 주인일 확률이 높았다.

'헤인이 주인인가?'

그래서 지금 이 필드는 헤인의 시체를 불태우고 있는 건가. 헤인의 생체 정보를 없애기 위해서?

"아 몰라."

모르겠고.

"꼬꼬. 물어."

꼬꼬가 황금 자물쇠를 콕콕 찍어대기 시작했다. 마치 자물쇠를 씹어 먹으려는 것처럼.

이유는 모르겠지만 시간을 오래 끌어서 좋을 게 없다는 생각이 들었다.

"빨리 안 하냐?"

꼬꼬는 흠칫 놀랐다. 안 그래도 지금, 주인에게 많이 겁먹은 상태다. 꼬꼬가 엄청난 속도로 자물쇠를 쪼기 시작했다.

"5초 준다."

키에에엑!

꼬꼬가 한 차례 울부짖고서 자물쇠를 열심히 쪼기 시작했다.

꼬꼬와 정신적으로 연결되어 있는 한주혁에게 알림이 들려왔다.

-꼬꼬의 정신력이 MAX에 이릅니다.

-초월적인 의지가 발생하였습니다.

-초월적인 힘을 발휘합니다.

한주혁이 '3초'라고 말했을 때, 알림이 들려왔다.

-자물쇠가 파괴되었습니다.

오두막 필드가 개방되었다.

또 다른 알림도 들려왔다.

-초월적인 의지로 인하여 꼬꼬의 성향이 확립되었습니다.

2. 카리아(네임: 꼬꼬)-완성형 몬스터

(1) 설명:

　황금 눈 독수리의 돌연변이. 세계 각지를 떠돌다 카고누스 산맥의 제왕으로 자리 잡음. 몬스터 스톤과 골드를 매우 좋아함. 주인을 만나 길들여진 황금 눈 독수리. 그러나 무한에 가까운 에너지 공급과 강력한 화기(火氣)의 융합을 통하여 완전히 다른 종인 불꽃 새, 주작의 형태로 진화한 이후, 드래곤 하트를 섭취하여 완성형 몬스터로 진화하였음. 모든 속성의 기운을 다룰 수 있으며 드래곤을 제외한 모든 형태의 생명체에 대하여 상성 우위의 속성을 가짐.

(2) 레벨: MAX

(3) 등급: 신급

(4) 특징:

　-언어를 완벽하게 알아들을 수 있는 능력이 있음.

　-상대의 레벨을 파악할 수 있음.

　-통합 속성.

-히든 피스를 주인과 공유할 수 있음.

-신급 이하의 물리 공격에 완벽한 내성.

-신급 이하의 마법 공격에 완벽한 내성.

(5) 성장 요건:

-성장 불가.

(6) 스킬

-스킬 없음.

(7) 성향:

-절대 복종.

-펫 '1호'를 향한 염원.

원래 '?'로 표시되던 곳에 두 가지 성향이 개화되었다. 하나는 절대 복종이요, 또 하나는 펫 '1호'를 향한 염원이었다.

한주혁은 피식 웃고 말았다.

꼬꼬가 은근히(혹은 대놓고) 펫 1호를 원하는 건 알고 있었지만, 그것이 이렇게 시스템화되어 나타날 줄은 몰랐다.

-소명을 다한 아르만티움 자물쇠가 사라집니다.

-'혜인의 지하실'로 향하는 오두막이 오픈됩니다.

한주혁이 발을 내디뎠다.

또다시 필드가 변했다.

어둡고 습한 지하실이 나타났다.

한주혁은 거기서 느낄 수 있었다.

'수많은 플레이어의 기척이 느껴진다.'

미로 같은 복도 곳곳에 적게는 수십, 많게는 수백 명씩 모인 무리가 있었다.

청력을 끌어올렸다. 몇몇은 울고 있고 몇몇은 끙끙 앓고 있다.

누군가는 자포자기한 듯 누워 있고, 또 어떤 곳에서는 반인 륜적인 일들도 벌어지는 것 같았다. 이를테면 갇힌 플레이어들 끼리의 성폭행 같은.

'몇몇은 자포자기. 몇몇은 미쳤고. 몇몇은 살 방법을 강구하고 있겠지.'

아마 이 미로 같은 복도에는 많은 함정이 존재할 거다. 여기서 힘을 너무 썼다가는 필드가 무너질 수도 있을 것 같다.

필드가 무너지는 건 상관없는데, '실종' 상태의 플레이어들이 대거 사망할 수도 있다. '실종' 상태의 플레이어가 사망하면, 그것은 곧 현실의 죽음으로 연결된다.

그래서 말했다.

"꼬꼬. 앞장서."

'그곳'의 NPC들은 또다시 침묵할 수밖에 없었다.

"……"

"……"

모두가 대공의 눈치를 살폈다.

지금 대공은 굉장히 분노한 것 같다. 건드리면 안 되는, 살짝이라도 건드리면 폭발하는 화산 같았다.

'뭐라고 하지?'

'미치겠군.'

'절대자……그놈은 진짜 미친놈인가.'

대공이 이중, 삼중으로 계획한 덫이다.

그래도 꽤 급수가 높은 7급 장군 혜인을 희생시키면서 만들어놓은, 혜인 스스로도 함정인지 모르도록 설계된 함정.

태르민이 최소 30분 이상은 허비할 것이라고 호언장담했던 필드.

자물쇠를 여는 데 15분 걸린다고 확정 지어 말했었다. 그런데 15분은커녕 15초도 안 걸렸다.

'자물쇠 여는 데…… 대충 10초도 안 걸린 거 같은데.'

'낭패다.'

이건 대공이 잘못한 것이 아니다. 대공의 준비는 좋았다.

준비는 좋았는데, 상대가 너무 나빴다. 이건 대공의 실수라고 볼 수도 없었다.

그들은 마지막. 실낱같은 희망을 품었다.

'그래도 설마…… 뿔뿔이 흩어져 있는 플레이어 놈들을 구

출하는 데…… 시간이 걸리겠지.'

JTBN의 사장. 손석기는 한참이나 구역질을 했다.

"우웨엑."

"괜찮으십니까?"

무표정의 이주랑이 물었다.

"괘, 괜찮습니다. 걱정 마십, 우웨에엑!"

"……."

이주랑은 자신의 '연속 워프'가 타 플레이어에게 이렇게까지 멀미를 선사하는 줄 처음 알았다.

'하긴.'

워프를 같이하는 상대가 보통은 한주혁이었으니까.

한주혁에게 멀미를 찾아볼 수는 없었으니까. 한주혁은 늘 평온하기만 했으니까.

이주랑은 새삼스레 한주혁이 얼마만큼 대단한 플레이어인지 다시 한번 느낄 수 있었다.

'워프 클래스의 플레이어가 아닌데도.'

얼마나 장거리를 이동하든, 얼마나 많이 하든 그런 것 따위는 아예 상관이 없지 않았는가.

괜스레 한주혁의 얼굴이 떠올랐다. 여유로운 그 표정과 미소가 머릿속에 맴돌았다.

물론, 한주혁이 그렇게 미소를 지은 적은 없다. 이주랑의 머릿속에 그렇게 이미지화되어 있을 뿐.

어쨌든 이주랑은 차분히 말을 이었다.

"초운에게 받은 워프 지도에 따르면, 이곳은 디덴성과 근접 거리에 위치하고 있는 루마니온 숲입니다. 크게 세 개의 필드로 구성되어 있는데……."

"이곳이 바로 오두막이군요."

오두막은 문이 열려 있었다.

'언론인' 계열의 플레이어 중 톱클래스를 달리는 손석기다. 준비된 언론인답게 상황을 빠르게 파악하고 중계 준비를 끝냈다.

JTBN을 통해 전 세계에 전파를 송출하기 시작했다.

-오두막은 이미 오픈되어 있습니다.

대략적으로 살펴보니.

-다른 필드와 이어지는 일종의 점프 스폿인 것 같네요.

이주랑과 손석기는 오두막 안으로 들어갔다.

-'헤인의 지하실'에 입장합니다.

어두운 복도로 연결되었다.

가장 먼저 눈에 들어온 것은 커다란 덩치의 검은 새 꼬꼬였다.

-꼬꼬가 서성이고 있습니다. 절대악이 안에 침투한 것은 틀

림없는 사실 같습니다.

꼬꼬는 그렇다 치는데, 이해하기 힘든 광경이 펼쳐져 있었다.

손석기가 주변을 살펴봤다.

-그런데 지금 이 상황이 어떤 상황인지 잘 모르겠습니다.

꼬꼬가 키에엑! 울었다. 손석기는 그 울음이 마치 호루라기 소
리 같다는 느낌을 받았다. 구령을 넣고 있는 것 같다고나 할까.

수십 명의 플레이어들이 복도를 따라 이 열 종대로 서서 걷
고 있었다.

-많은 플레이어들이 복도를 걷고 있습니다.

그와 동시에 콰과광-! 소리가 들려왔다. 손석기가 그쪽을
촬영했다.

뿌연 흙먼지가 일었다. 꼬꼬가 날갯짓을 통해 흙먼지를 반
대편으로 날려 보냈고, 한주혁의 신형이 카메라에 잡히기 시
작했다.

-절대악이 보이기 시작합니다.

절대악이 벽에 주먹을 뻗은 모양이었다.

-벽에 무너졌습니다.

손석기는 벽을 공격해 봤다. 더 정확하게 말하자면 공격해
보려고 했다.

-공격할 수 없습니다.

-공격 불가 대상입니다.

손석기는 그 상황을 JTBN을 통해 방영했다.

-절대악은 공격할 수 없는 벽을 부수고 전진하고 있습니다.

이 정도는 이제 놀랍지도 않다. 손석기는 꽤 차분했다. 겉으로는 그랬다.

'절대악이 말도 안 되는 능력을 갖고 있다는 건 알고 있었지만……'

그런데 공격 불가 설정의 구조물도 마구잡이로 파괴해 버리는 건 지나치게 상식 밖의 일이 아닌가. 이런 일은 절대악을 제외한 그 어떤 플레이어도, 흉내조차 내지 못한다.

손석기는 차분하게 주변을 살폈다. 한주혁이 만든 구멍 사이로 사람들이 걸어 나오기 시작했다.

-아무래도 실종된 사람들을 구출하고 있는 것 같습니다.

그리고 손석기는 이 상황을 비교적 정확하게 이해했다.

-이곳은 미로 형태의 지하실입니다.

이름은 '혜인의 지하실'. 혜인이 아닌 자가 이동할 때에는 함정이 작동될 확률이 높은 곳이다.

-함정을 피하기 위해 공격 불가 설정의 벽을 깨고 이동하는 것 같습니다.

올림푸스 매니아에서 실시간으로 영상을 확인하고 있는 플레이어들은 '절대악 만세!'를 외치며 현 상황을 주목했다.

누군가가 약간의 문제점을 제기했다.

-절대악의 전진 방식이……. 조금 위험한 거 아님?

-실종 상태의 플레이어들을 구하는 건 알겠는데, 저러다 필드 자체가 무너지면 어떡함?

-절대악 본인은 괜찮을지 몰라도……. 실종 상태의 플레이어들 저러다 죽으면 끝이잖음.

그 말은 사실이었다. 만약에라도 필드가 붕괴된다면, 그래서 플레이어들이 죽는다면? 실종 상태의 플레이어들이 올림푸스 속에서 죽는다는 말은 곧 현실에서의 죽음을 뜻한다. 그런 의미에서 보자면 한주혁의 '헤인의 지하실' 클리어 방법은 충분히 위험해 보일 수 있었다.

스스로 '아아! 악르가즘'을 말하며 화면을 지켜보던 3충성이 손석기에 분석에 자신의 판단을 더했다.

-절대악이 아무렇게나 벽을 부수고 있는 것처럼 보인다면 큰 오산임.

3충성은 스스로 자신의 분석력에 물이 올랐다고 생각했다. 그리고 그것은 어느 정도 사실이기도 했다. 술에 취해 벌겋게 달아오른 얼굴의 3충성은 미친 듯이 타자를 치기 시작했다.

-절대악의 머릿속에는 이미 전체적인 지형이 전부 입력되어 있을 거임.

일반인의 지능과는 차원을 달리함.

그 말은 즉.

-부숴도 되는 부분과 부수면 안 되는 부분을 정확하게 구분해서 진행한다고 볼 수 있음.

거기에는 분명한 이유가 있었다.

-절대악이 마음먹으면 저 필드 통째로 없애 버릴 수 있음. 근데 귀찮게 조그마한 구멍 하나씩 내고 있음.

3충성의 말에 많은 사람들이 순식간에 고개를 끄덕이기 시작했다.

-그것도 그러네.
-하긴.

절대악이 마음만 먹으면 필드를 소멸시킬 수 있다. 그런데 저토록 번거로운 작업을 하고 있다?

-공격 불가 설정의 벽을 부순다는 건 이미 놀라운 일이 아님.

그것 자체는 놀랍지 않다. 왜냐하면 그 일을 행하는 사람이 절대악이니까. '절대악이니까'라는 이유만큼 타당하고 합당한 이유는 없으니까.

-그 벽을 모두 박살 내지 않고 실종된 사람들을 차분히 구하고 있는 것이 놀라운 일임.

3층성의 분석을 보면서 루펜달이 흐흐흐- 하고 웃었다.

마침 루펜달의 명령(?)으로 물을 떠 온 동생이 물었다.

"누나. 왜 그렇게 웃어?"

"3층성이 드디어 정체성을 찾기 시작했어."

"정체성?"

갑자기 뭔 놈의 정체성 타령이란 말인가.

"악르가즘을 안다는 건 곧 정체성을 알아가기 시작했다는 것이지."

"엥? 뭐야? 그 해괴한 단어는? 3층성이 그런 말을 했어?"

루펜달의 동생은 인상을 잔뜩 찡그렸다. 그에게 있어 누나는 소중하다. 누나의 귀에 '악르가즘'같은 말이 들어가는 것이 그렇게 유쾌하지 못했다.

"그런 말을 하지는 않았지."

"그렇지? 그렇게 경우 없는 사람 같지는 않았어."

"하지만 그 경지에 올랐다는 건 채팅만 봐도 알 수 있단다. 꼬마야."

루펜달은 기분 좋게 웃었다. 3충성이 잘 물들고 있는 것 같아 흐뭇했다.

루펜달은 3충성의 말에 화력을 더하기 위해 손가락을 들어 올렸다. 그런데 그때 루펜달의 호적수 '이오빠가내오빠다'가 모습을 드러냈다.

루펜달이 고개를 돌렸다.

"아놔."

'이오빠가내오빠다'가 누구인지는 모르겠다만, 혜성처럼 등장한 네임드다. 루펜달에 버금가는 절대악 빠돌이로 유명했으며, 루펜달 자신도 모르는 고급 정보들을 풀어내며 단박에 유명해진 네임드였다.

루펜달은 승부욕에 불타올랐다.

"그래. 누가 더 빠돌이인지 한번 겨뤄보자."

한주혁이 '혜인의 지하실'을 클리어하는 영상은 JTBN을 통해 실시간으로 세상에 전해졌다.

미국 백악관. 미국 대통령 역시 그 영상을 지켜봤다. 어벤져스 연합의 연합장. 캡틴과 함께 말이다.

"캡틴. 지금 절대악의 의도가 무엇인지 알겠나?"

"물론입니다."

절대악은 거인이다. 한 걸음을 뗄 때마다 지축이 흔들린다. 은유적 표현이지만, 실제로 한주혁이 움직이면 커다란 지각 변동이 일어난다. 미국 대통령은 그 사실을 아주 잘 알고 있다.

"절대악은 중국에 분명 경고했습니다. 호의를 권리로 알지 말라고."

절대악의 그 말에 중국은 침묵했다. 여전히 일부 사람들이 절대악을 비난하며 자기밖에 모르는 이기적인 영웅이라고 외쳐댔지만, 대부분의 사람들은 절대악 열풍에 편승하며 절대악을 찬양하기에 이르렀다.

"분명히 선을 그으며 경고는 했지만……."

그럼에도 불구하고.

"플레이어들을 앞장서서 구출해 내고 있습니다."

3충성의 분석. 그리고 손석기의 분석들은 절대악의 행보에 힘을 실어주고 있었다.

"경고는 하되. '사람이 먼저다'라는 절대악의 근본 방침을, 스스로 입증하고 있는 셈입니다."

미국 대통령은 고개를 끄덕이며 말했다.

"전 세계 지도자들에게 경고하는 것으로 해석해도 되겠지."

"저 또한 그 생각에 동의합니다."

참고로 당사자인 한주혁은 별생각 없다. 한주혁은 지도자들이 생각하는 것만큼, 세계의 리더들에게 관심이 없다. 대통령을 비롯한 세계의 리더들이 그렇게 오해할 뿐이다.

"호의를 권리로 착각하지 말 것. 그렇지만 사람이 먼저라는 원칙은 지킬 것."

대통령은 속으로만 생각했다.

'절대악 스스로가 나서서 모범을 보이고 있다.'

그 말은 즉.

'우리들도 알아서 잘하라는 얘기 아니겠는가.'

이것은 무언의 압력이다.

모르골과 에르페스가 먼저 플레이어들을 향한 이빨을 내밀었다. 다른 대륙도 같은 수순을 밟아갈지도 모른다. 그때가 되면, 절대악의 힘은 정말로 절대적이다. 절대악이야말로 황제에 가까운 자다.

캡틴도 같은 생각을 했다.

'황제가 본을 보이면…… 따라야겠지.'

대통령도, 캡틴도. 겉으로 말은 하지 않았지만 똑같이 생각했다. 허튼 생각 하지 않기로 했다. 한주혁의 경건한 경고 앞에(본인은 그럴 생각 없지만) 세계 지도자들 사이에서도 온풍이 불기 시작했다.

한주혁은 한 가지 사실을 깨달았다.

'사람들이 죽는다.'

실제에서 그렇듯 이곳에서도 마찬가지였다.

눈. 코. 입. 귀 등 몸에 존재하는 모든 구멍에서 피가 쏟아져 나왔다. 그렇게 죽었다.

검은 잿더미가 되지 않았다. 현실에서 죽듯, 똑같이 죽었다.

비명 소리가 들려왔다.

"끼야아아아악!"

한바탕 소란이 일었다. 사람이 죽는 것을 처음 보는 것 같다.

'NPC 이 새끼들.'

아까 복도를 지나쳐오면서 봤다. 이마에 구멍이 난 시체들을 말이다.

약 100여 구 정도 됐는데, 죽은 지 얼마 안 된 시체들이었다. 초월급 마법병기라고는 하지만, 한주혁의 눈으로 봤을 때에는 그저 잡템에 불과한 카닉서스에 당한 사람들이었다.

'카닉서스만으로 사람을 죽이는 게 아니네.'

아무래도 이곳, '네오마르'라는 이름을 가진 필드는 플레이어들의 목숨을 빨아들여 유지되는 곳 같았다.

'바깥에서 치러지고 있는 번제.'

헤인의 시체와 묘비를 불태우고 있는 이 '번제'라는 것에도 '플레이어들의 생명'이 필요한 것 같다. 그 사실을 깨닫고서, 한주혁은 좀 더 빠르게 움직이기 시작했다.

한주혁은 비명을 지르며 쓰러진 여자를 일으켰다.

"저기. 꼬꼬의 울음소리가 들리는 곳으로 이동하세요."

여자는 약간 미친 것 같았다. 적어도 제정신은 아니었다. 한주혁의 바짓가랑이를 잡으며 매달렸다.

"살려, 살려주세요. 제발요. 살려주세요."

"……"

그녀의 눈동자에는 공포가 가득했다.

이상하지 않았다. 실종 상태. 감금. 그리고 갑자기 시작되는 사람들의 죽음까지. 미쳐도 이상하지 않은 곳이다.

그래도 개중 멀쩡한 정신을 가진 사람들이 있었는데, 그들이 안내자를 자처하고 나섰다.

"제, 제가 안내하겠습니다. 제가 이 구역 길을 좀 압니다."

아주 어두운 곳이지만 절대악의 얼굴을 용케 알아봤다. 살수 있다는 희망이 생겼다.

"길이요?"

"예. 이곳은 미로 형식으로 이루어져 있으며 특별한 방법으로 지나가야만……"

한주혁은 그 말을 끝까지 듣지 않았다. 번제가 진행되는 동안 플레이어들이 희생된다는 사실을 알았다. 지체할 수 없었다.

쾅!

소리와 함께 길이 열렸다.

"길은 만들면 됩니다."

라는, 약간은 황당한 말을 남기고서 절대악의 모습이 멀어졌다.

"그게…… 여기 공격 불가 설정이라……."

말을 하던 남자는 말을 잇지 못했다. 상대가 절대악이라는 사실을 상기했다. 시스템 설정 따위는 상관이 없는 것 같았다. 절대악에게 미로는 의미가 없었다.

비교적 멀쩡한 상태의 그는 비명을 지르며 졸도했던 여자를 일으켰다.

"꼬꼬의 울음소리가 들리는 곳으로 가죠. 일어나세요. 부축해 드릴게요."

"가, 감사합니다."

사람들이 조금씩 희망을 갖기 시작했다.

"우, 우리도 살 수 있을까요?"

"당연하죠. 절대악이 왔으니까."

'절대악'이라는 그 말에 사람들의 얼굴에 희망이 깃들기 시작했다.

현실에서 들은 절대악과 올림푸스 속에서 직접 마주친 절대악은 완전히 달랐다. 여기서 마주친 절대악은 희망 그 자체였다. 그리고 이 희망의 불씨가 타오르고 있는 '혜인의 지하실'은 다각도로 촬영되어 전 세계에 계속해서 송출되었다.

한주혁이 주먹을 뻗었다.

콰과광!

한주혁은 길을 만들었다.

3층성이 분석은 정확했다. 부숴도 될 부분만 부쉈다. 필드 전체가 무너지지 않도록. 숨을 쉬듯 자연스럽게. 그 모든 것들이 가능해졌다.

한주혁이 잠시 멈춰 섰다.

"그런데 말입니다."

뒤를 힐끗 쳐다봤다. 손석기의 마법 드론이 죽자 살자 따라오고 있는 것이 보였다.

한주혁은 그 드론을 똑바로 쳐다봤다.

JTBN을 통해, 한주혁의 메시지가 중국에 전해졌다.

"저기요. 대통령…… 아니, 중국 주석님. 지금 나 보이죠?"

손석기에 의해 이 상황은 생생하게 중계되고 있을 테니까.

"보인다고 생각하고 말할게요."

중국의 대통령이라 할 수 있는 중국 주석에게, 세계의 대통령인 절대악이 말하기 시작했다.

훗날, 절대악의 '대(對) 중국 명령'이라 불리게 될 명장면이 이때 탄생했다.

2장
저 절대악입니다만

"저기요. 대통령…… 아니, 중국 주석님. 지금 나 보이죠?"

한주혁의 말을 예상한 사람은 없었다. 당연히 중국 주석도 그 말을 예상하지 못했다.

"보인다고 생각하고 말할게요."

미국 대통령은 괜스레 침을 꿀꺽 삼켰다. 사실 뜨끔했다. 중국이 아니라 미국을 부르는 게 아닌가 하고서.

'지금쯤 중국 주석은……'

어떻게 하고 있을지 눈에 훤하다.

세계의 대통령. 절대악이 직접 호출했다. 이건 세기의 사건이라 할 수 있다. 보통 절대악은 '행동'으로 모든 것을 말하고 보여준다. 말보다는 행동으로. 캡틴의 표현을 빌리자면 '행동으로 신뢰를 증명하는 사람'이다.

'엄청나게 똥줄이 타고 있을 거야.'

당사자가 아니다 보니 조금 재미있었다. 원래 강 건너 불구경은 재미있는 법이다.

"캡틴. 지금 중국 애들 쫄았겠지?"

"아…… 네."

캡틴은 말하고 싶었다.

'대통령님께서도 방금 움찔하셨습니다만.'

캡틴이 보기에는 미국 대통령도 움찔했다. 자신을 호명하는 줄 알고 잔뜩 위축됐었다. 그런데 이제 와서 '당신도 쫄았잖아요'라고 말하기는 좀 그랬다.

캡틴도 긴장했다.

'도대체 무슨 얘기를 하려고.'

절대악은 화면을 똑바로 쳐다보면서 말을 이었다.

"방금 여기 있던 사람들이 참혹한 환경에 놓여 있었다는 건 알아요."

캡틴은 저 말을 들으면서 온갖 상상과 생각을 했다. 절대악의 한마디면 중국이 붕괴될 수도 있다. NPC들이 전면전을 선포한 지금. 절대악의 존재는 핵보다도 더욱 강력하니까.

"그런데 그렇다고 해서 저 행위가 용서될 거라고 생각하지는 않아요."

똑같이 참혹한 환경에 놓였다. 그런데 누구는 정신을 잃는 데 그쳤고, 또 누구는 그것을 발판 삼아 또 다른 폭력을 휘둘렀다.

JTBN의 드론이 한 장면을 잡아냈다. 모자이크 처리되어 있기는 했지만 저 상황이 어떤 상황인지, 화면을 보는 모두가 알수 있었다.

루펜달이 주먹을 불끈 쥐었다.

"저 개 같은 놈이!"

스스로 '절대악 빠돌이'를 외치고 다니지만 어쨌든 그녀는 여자다. 절대악과 관련되지 않은 다른 분야에서는 남성성이 드러나지 않는다. 루펜달은 평소보다 더욱 분노했다.

"저런 놈은 거세를 해버려야지."

강제로 찢어진 옷. 울고 있는 여자. 모자이크 처리되어 있어서 보이지는 않지만, 아마도 알몸이라 짐작되는 남자. 여자의 몸에는 크고 작은 멍들이 보였다. 모자이크 처리되어 있는데도 보라색으로 보일 정도면, 그 멍의 크기가 꽤 크다는 뜻이다.

루펜달은 인상을 잔뜩 찡그렸다.

'그런데…… 올림푸스 내에서 저렇게 물리력을 행사하는 게 가능해?'

아무래도 실종 상태에 접어들면, 현실에서와 비슷한 물리법칙을 적용받는 것 같다. 원래대로면 멍이 들지 않는다. H/P만 떨어지고 말 뿐이다.

한주혁이 말을 이었다.

"아시다시피 저는 판사가 아니라서요."

판사는 아니다. 여동생을 가진 오빠의 입장으로서, 저놈을 지금 당장 죽여 버려도 시원찮긴 했지만 그래도 현실의 사람을 죽일 권리는 없다.

"강력하게 처벌해야겠죠?"

어느새 다가온 손석기가 여자를 부축해서 일으켰다. 여자는 다리에 힘이 풀려 제대로 걷지도 못했다. 눈동자에는 초점이 없었다. 저 모습을 보고 있노라면 차라리 죽는 것이 낫겠다고 생각하는 것 같았다.

혼잣말로 중얼거렸다.

"개 열받네."

누구 들으라고 하는 소리는 아니었다. 곧 결혼을 앞둔, 다시 말해 사랑하는 여자와 여동생을 가진 오빠로서. 그냥 너무 화가 났다. 찔러 죽여도 시원치 않을 정도다.

중국 주석은 움찔했다.

올림푸스 문제와 관련하여 가장 믿고 신뢰하고 있는 흑흑 연합의 연합장 로랑에게 자문했다.

"로랑. 지금…… 절대악이 우리 들으라고 하는 말이겠지?"

로랑이 확신에 차서 고개를 끄덕였다.

"절대악은 지금 굉장히 분노했습니다."

로랑도 절대악의 상황을 안다.

"결혼을 앞두고 있고 여동생을 가진 사람입니다. 저 상황에 더욱 분노한 것이 틀림없습니다."

로랑의 말이 빨라졌다. 로랑도 지금 잔뜩 긴장한 상태다.

'절대악한테 밉보이면 절대 안 된다.'

이미 여러 차례 절대악의 눈 밖에 났던 중국이다. 더 이상은 안 된다.

"실종 상태에서 풀어주기는 하되, 처벌은 저희에게 맡기겠다는 뜻입니다."

"처벌의 강도는?"

"사형은 안 될 것 같습니다."

절대악이 죽이지 않았다. 그런데 중국이 나서서 죽이면 괜스레 문제 소지가 생길 수도 있다. 말하자면 '내가 안 죽였는데 건방지게 너희가 죽여?'다.

"놈의 신상을 정확하게 파악하여 엄벌을 내려야 할 것 같습니다."

태형은 물론이고 물리적 거세와 화학적 거세. 거기에 더해 수백 혹은 수천 년의 징역형까지.

"그건 너무 가혹한 거 아닌가?"

물리적 거세에 화학적 거세라니. 너무 반인륜적인 게 아닌가 싶다.

로랑이 진지한 얼굴로 말했다.

"중국이 멸망하는 것보다는 가혹하지 않습니다."

"그건 그렇지만……."

로랑은 조금 답답해졌다. 그는 절대악과 많이 접해봤다. 절대악을 잘 안다고 자부한다.

"절대악이 방송을 통해 직접 지목했습니다."

'중국 주석'이라고 정확하게 짚었다. 이 말은 곧 네가 책임지고 알아서 하라는 뜻이다.

"절대악이 도와주지 않으면 중국이 멸망합니다."

굳이 주석까지 거론했다.

"이것은 저희 중국에 대한 전반적인 반성을 요구하는 절대악의 큰 그림일 가능성이 매우 높습니다."

"전반적인 반성?"

"정확하게는 모르겠지만……."

중국 내 성범죄를 더욱 강력하게 처벌하여 기강을 바로 세우라는 무언의 메시지일지도 모른다.

중국 주석은 깨달음을 얻었다.

'그래. 그런 것 같다.'

고작 저 한 명 처리하려고 자신을 거론했을 것 같지는 않다. 이건 중국 전체에, 모든 사건에 적용되어야 한다. 올림푸스 내에서 벌어지는 범죄에도 경각심을 가지라는 훈계인 것 같기도 했다.

주석이 말했다.

"절대악의 의중을 더 정확하게 파악한다."

절대악이 원하는 것이 무엇인지 더 정확하게 알 필요가 있었다. 그것을 파악해야 절대악이 원하는 것을 제대로 이루어

줄 수 있으니까.

"일단 저놈은 긴급 체포하고."

한주혁이 말했다.

"하여튼 솜방망이 처벌은 안 할 거라 믿어요."

뜬금없지만 어제 뉴스가 떠올랐다. 음주 운전에 역주행으로 여행을 가던 일가족 두 명을 죽이고 두 명의 다리를 잃게 만든 운전자가 80일의 봉사 명령을 받았다는 뉴스. 음주는 실수니까. 실수로 사람을 죽이고 다치게 했으니 그 정도로 끝냈다는 뉴스가 문득 떠올랐다.

"어딜 가나 솜방망이가 문제라니까."

아주 작게, 혼자서 중얼거렸다. 이것도 누구 들으라는 얘기는 아니었다. 누구나가 가끔 화가 나면 하듯, 그냥 평범한 혼잣말이었다.

"아니. 술이 무슨 면죄부야? 뭐 그딴 개 같은 판결이 다 있어? 두 명이 죽고 두 명이 다쳤는데."

이건 중국한테 하는 소리가 아니었다. 애초에 중국은 성범죄를 엄격하게 다스리는 국가 중 하나다. 그렇다면 이건 다른 얘기다.

한국 대통령 조해성도 긴장했다.

"솜방망이 처벌……."

안 그래도 어제 국민 청원이 많이 올라오기 시작했다. 음주 운전과 관련한 처벌을 강력하게 해야 한다는 청원이었다. 두 명이 죽고 두 명이 중상을 당했는데. 봉사 80일이 말이 되냐는 청원.

조해성은 확신했다.

'이건 한국 사법부에 던지는 경고다.'

중국에 하는 말처럼 돌려서, 넌지시 한국에 경고하고 있다. 한주혁의 의중이야 어찌됐든, 조해성의 귀에는 '자꾸 그딴 식으로 할래?'로 들렸다.

'음주 운전 관련 법은 고치기 까다로운데…….'

공직자들이 너무 많이 얽혀 있다. 음주 운전과 관련된 법을 다시 제정하게 되면 '술 먹고 실수했다'라는 핑계들이 사라지게 된다. 조해성이 비서실장을 호출했다.

"법무부 장관과 잠시 얘기하고 싶습니다."

한주혁의 '개 열받아'로 시작한 절대악 열풍은 중국을 휩쓸고 한국까지 불어닥쳤다. 사법부 발등에도 불이 떨어졌다.

"이런 제기랄……."

해당 음주 운전 사고 사건을 담당했던 판사는 방 안으로 들어와 머리를 쥐어뜯었다. 절대악이 분명하게 표현했다.

'개 같은 판결이라고 했다.'

화가 나는 게 아니었다. 두려웠다. 절대악이 자신더러 '개 같은 판결'을 내렸다고 화를 내는 것 같았다. 여담이지만 그 판사는 다음 날 사표를 냈고, 사법부는 이례적으로 사표를 굉장히 빨리 수리했다.

한편, 혜인의 지하실에서 성범죄를 저질렀던 남자 창첸은 중국 당국에 체포되었다.

기사가 쏟아져 나왔다.

-태형 300대.
-물리적 거세에 이은 화학적 거세?
-징역 380년 선고.

인권 단체의 반발이 예상됨에도 불구하고 중국이 이렇게 속전속결로 일을 처리한 이유는 간단했다.

주석이 말했다.

"절대악의 화가 좀 풀렸겠지?"

"이 정도면 충분히 성의를 보인 것 같습니다."

죽이지는 않았으되, 거의 죽음에 가까운 형벌을 내렸다. 이것은 사회를 향해 울리는 경종이었고 경고였다.

"저희가 이렇게 했으니…… 절대악의 고국인 한국도 가만히 있지 못할 것입니다."

중국도 성의를 이 정도로 보였는데, 한국이 성의를 보이지 않을 수는 없다. 성의를 보이는 시늉이라도 해야 한다.

"소식통에 따르면 한국 사법부도 지금 난리가 났다고 합니다."

나비 효과가 일어났다. 판사들이 이전과 완전히 다른 자세로 판결에 임하게 됐단다.

"사법 정의를 바로 세우는 움직임이 시작됐다고 합니다."

절대악의 말 한마디에, 많은 것들이 변하고 있다. '절대악이 화가 나면 세상이 깨끗해진다'라는 세상의 우스갯소리가 현실로 증명됐다.

"그렇군."

중국 주석이 가만히 고개를 끄덕였다.

절대악의 말. 근본은 이것이었다.

"이 땅의 사법 정의를 바로 세우라."

절대악의 명령은 그것이었다. 사람들이 표현하기를 '대(對) 중국 명령' 혹은 지상 최대의 명령이라고 알려진 절대악의 말은, '정의를 바로 세워야 한다'는 지극히 단순하고 평범한 말이었다.

"그것이었군."

주석은 주석 나름대로 깨달음을 얻었다. 세계 각국의 지도자들도 마찬가지일 것이다. 지상 최대 명령. 대 중국 명령이라 알려진 '정의 바로 세우기' 열풍이 중국과 한국을 시작으로 전세계에 불어닥쳤다.

한주혁은 1,000명이 넘는 인질들을 구출해 냈다. 그 와중에 몇몇 플레이어들이 사망했다. 번제 때문이다.

한주혁은 실종 상태의 플레이어들을 전부 구해낸 뒤, 지하실을 빠져나와 오두막 밖. 네오마르의 숲으로 이동했다.

"이런 기분 나쁜 건 없애 버리는 게 맞겠지."

한주혁은 아예 오두막 필드 전체를 소멸시켜 버렸다.

쩌저적-! 쩌저적-!

오두막 필드를 소멸시키자, 풍경에 금이 가기 시작했다. 유리가 깨지는 것 같았다.

눈앞에 또 다른 광경이 펼쳐졌다.

'네오마르의 상서로운 묘비?'

상서롭기는 개뿔.

한주혁은 묘비를 쳐다봤다.

플레이어의 생명을 빨아들여 불타오르는 묘비. 헤인의 시체를 흡수한 묘비. 뭐 하나 마음에 드는 구석이 없는 것 같다.

NPC들이 '진언'이라 표현하는 능력을 토해냈다.

"부서져라."

순식간에 묘비가 박살 났다. 그와 동시에 플레이어들은 실종 상태에서 벗어났다. 1,000명이 넘는 플레이어가 실시간으로 구출되는 광경에 전 세계의 사람들이 열광했다.

그런데 그때, 한주혁에게 귓말이 들려왔다.

한주혁에게 귓말을 보낸 사람은 다름 아닌 칸트였다.

한주혁이 디덴성에 오기 직전. 칸트는 이렇게 말했었다.

-주군. 10만의 인질이 잡혀 있는 필드를 곧 찾아낼 수 있을 것 같습니다.

이번에는 좀 더 구체적인 보고가 올라왔다.

-주군. 찾아냈습니다. 10만에 달하는 인질들이 붙잡혀 있습니다.

에르페스가 경계하고 있는 최상위급 NPC답게. 칸트는 한주혁의 기대를 저버리지 않았다. 배신한 7급 장군 초운. 그리고 장로들. 그들은 결국 중국 내 인질들이 어디에 있는지 찾아냈다.

-다만 경계가 너무 삼엄하여 저희끼리는 구출할 수 없을 것 같습니다.

한주혁이 귓말을 보냈다.

-여기서의 일이 마무리되면 그쪽으로 바로 넘어가겠다.

마침 워프 마스터 이주랑도 이곳에 있다. 함께 움직이면 금방 이동할 수 있을 거다.

칸트와 함께 구출대를 꾸렸던 제9장로 팬더에게서도 귓말이 들려왔다.

-주군. 한 가지 더 말씀드려도 되겠습니까?

-말해봐.

한주혁은 팬더의 목소리에서 묘한 기운을 느낄 수 있었다.

'나는 방사능 핵폐기물이 아니다!'라고 홀로 떠드는 것을 들었었는데, 그때와 비슷한 느낌이라고나 할까. 무엇인가 자신이 큰 도움이 될 수 있을 것 같다고 생각할 때의 목소리였다.

-제6장로 제타로부터 연락이 왔습니다.

제6장로 제타. 언제나 '으랏차차!'를 외치는, 호쾌하고 열정적인 장로. 예전 '하늘로 흐르는 강'에서 블랙 몬스터를 맞닥뜨린 이후 그쪽을 계속해서 탐사 중인 장로다. '하늘로 흐르는 강'을 조사하느라, 그 외의 일들에는 크게 개입하지 못했었는데 이번에 소득이 조금 있는 듯했다.

-뭔가를 알아냈나?

-예. 그렇습니다. 이후 상세한 보고서를 올리겠으나 결론만 말씀드리자면 하늘로 흐르는 강에 흐르는 물의 근원지를 찾아냈습니다. 근원지에는 강력한 에너지가 꿈틀거리고 있으며 더 이상 접근하기 힘들다고 합니다.

한주혁은 잠시 생각에 빠졌다.

'강력한 에너지라.'

하늘로 흐르는 강.

지금 와서 생각해 보면 이상한 필드였다. 처음에는 그냥 단순히 대연합이 독점하고 있는 상위급 사냥터인 줄로만 알았다. 큰 귀 코끼리, 물총 하마, 두 머리 악어. 세 종류의 몬스터가 존재하며 보스 몬스터로 이들이 합성된 키메라가 나타났던 곳.

'확실히 이상했어.'

보스 몬스터들이 이상한 건 아니었다. 저 세 몬스터가 이상한 것도 아니었다.

한주혁이 정말로 이상하게 생각하고 있고, 또 제타에게 그곳을 조사하라 명령했었던 건 다른 이유였다.

'당시 그곳에 나타났었던 블랙 몹들이……'

그때에는 그냥 그런가 보다 했는데.

'생각보다 너무 강했지.'

어지간한 블랙 몬스터들은 최상위급 NPC 선에서 정리가 된다. 그런데 그때에는 상황이 달랐었다. 최상위 NPC라 할 수 있는 제6장로 제타가 상대하기 힘들어했었다.

'하늘로 흐르는 강'이 당시 플레이어들에게도 공개되어 있던, 플레이어들 기준에서나 상위급이었던 필드였다는 것을 감안했을 때. 그곳에서 나타난 블랙 몬스터의 강력함은 상식을 벗어나는 것이었다.

'원래대로면 제타에게도 상대가 안 되어야 하는데.'

아니나 다를까. 그곳에 뭔가가 더 숨겨져 있는 것 같다. '근원'을 발견했단다. 저기도 가서 탐사를 한번 해봐야 할 것 같다.

구출한 플레이어들을 데리고 디덴성으로 돌아왔다.

주혁의 공격으로 인해 디덴성은 무너졌다. 이제 더 이상 성의 역할을 할 수는 없다. 그래도 그곳에는 다른 곳들로 향하는 워프 포탈이 존재했으며 흑흑 연합의 연합원들 30여 명이 파견되어 있는 상태였다.

연합원들뿐만 아니라 기자들도 디덴성으로 몰려와 있었다.

-구출된 사람들의 모습이 보이고 있습니다.

-그 숫자가 거의 1,000에 달합니다.

JTBN뿐만 아니라, 다른 언론들에서도 이 상황을 다루기 시작했다.

-1,000에 달하는 사람들을 실제로 구해냈습니다.

-과연 절대악이라 할 수 있습니다.

-흑흑 연합원들이 영웅을 맞이하러 나가고 있습니다.

흑흑 연합의 연합원들은 앞장서서 걸어오고 있는 한주혁 앞에 섰다. 그들은 사람들 1,000명을 구해낸 영웅을 향해 차렷 자세를 취하고서 오른손을 들어 올렸다. 그리고 그들이 할 수 있는 최대한의 존경을 담아, 경례를 취했다. 플래시 세례가 터졌다.

중국을 대표하는 연합. 흑흑 연합. 그중에서도 최고 간부급이라 할 수 있는 이들 30명이 한주혁을 향해 경례했다. 그 모습은 전 세계에 실시간으로 방영되었다.

30인을 대표하는 중국 랭커 '슈난'이 말했다.

"연합장님께서는 부득이한 일로 마중을 나오시지 못했습니다."

"괜찮아요."

한주혁은 그런 사소한 건 신경 쓰지 않는다. 그리고 이해도 한다.

'지금쯤 발등에 불이 떨어졌을 테니까.'

자신이 중국 주석을 직접 불렀다. 알아서 잘 처리하라고 당부 겸 경고까지 했다.

모르긴 몰라도, 엄청나게 확대 해석하면서 일을 키우고 있을 것이 틀림없다. 일이 어떻게 흘러갈지는 모르겠는데, 하여튼 중국 주석과 로랑은 머리를 맞대고서 열심히 회의를 하고 있을 거다.

한주혁은 사람들의 안전하게 인계했다.

"사람들 인도를 마쳤으니 저는 급한 일이 있어서 가봅니다. 안전지대로 이동해서 로그아웃하길 바랍니다."

1,000여 명의 사람들을 구출한 인류의 영웅. 그의 모습은 굉장히 수수하고 단출했다.

그도 그럴 것이, 수많은 플래시 세례를 외면하고서 그 자리를 떠버렸다.

스스로의 영웅담도 떠벌리지 않았고 그 어떠한 답례도 원하지 않았다. 과연 세계의 영웅다운 모습이었다.

많은 사람들이 궁금해했다.

-절대악의 다음 행선지는 어디인가!

올림푸스와 관련된 모든 역사를 새로 써가고 있는 유일무이한 플레이어. 그의 행보에 집중했다.

JTBN 손석기는 호흡을 가다듬었다.

'으윽. 멀미.'

워프 마스터와의 이동이 빨라서 좋기는 한데, 너무 연거푸 워프를 해대니 속이 좋지 못했다.

일단 방송 송출을 하지는 않았다. 현재 그들이 위치하고 있는 곳은 거대한 바위산.

한주혁에게 귓말이 들려왔다.

-적들에게 발각될 수도 있으니 드론은 자제해 주세요. 방송 송출도 잠시 멈춥니다.

-알겠…… 으읍. 습니…… 으읍. 다.

바위산. 저만치 아래에는 요새가 하나 보였다. 커다란 성은 아니었다. 말 그대로 요새.

요새 주변에 수많은 사람이 보였다. 그들은 목에 쇠 목걸이와 쇠사슬을 달고 있었다. 마치 노예처럼 말이다.

-장로들과 칸트의 얼굴은 모자이크해 주세요. 제 핵심 전력들이니까. 멀미 많이 나면 대답 말고 그냥 고개만 끄덕이세요.

손석기가 고개를 끄덕였다. 멀미와는 별개로 마음이 무거웠다. 무려 10만에 달하는 인질들을 보니 마음이 불편했다. 게다가 긴장도 됐다.

'절대악 본인조차 조심하고 있다.'

저 요새에 뭐가 있길래?

'저 강대한 힘을 가진 절대악이 긴장하고 있다는 건…… 그만큼 위험하다는 것이겠지.'

바위산 중간중간에 몸을 숨긴 장로들. 그리고 절대악 옆에서 보고를 올리고 있는 칸트까지. 하늘에는 '익룡'이라 해도 믿을 것만 같은 거대한 새형 몬스터가 천천히 날아다니고 있었다.

보고를 다 들은 한주혁은 저만치 아래를 내려다보았다.

'그렇단 말이지.'

이곳을 지키고 있는 NPC는 또 다른 7급 장군이자 오성(五星)장군인 '메이트'라고 했다.

메이트의 얼굴은 알려져 있지 않으나 저 요새 안에 있을 것이리라 짐작됐다. 요새는 강력한 마법장이 펼쳐져 있고, 안에는 마법병기들이 있으리라 예상되었다.

칸트가 조심스레 말했다.

"문제는 10만에 달하는 인질들입니다."

팬더가 은밀하게 탐색해 본 결과. 저 땅 밑에는 수많은 마나 폭탄들이 감춰져 있단다.

한주혁이 스윽- 훑어보더니 말했다.

"요새에 문제가 생기면 폭탄이 터지는 구조인가 보네."

"……"

칸트는 순간 할 말을 잃었다. 대충 훑어보더니 한 번에 다 깨달은 것 같다. 주군이 이토록 뛰어나면 부하된 입장에서 좋기는 좋은데, 가끔은 지나치게 사람이 아닌 것 같을 때가 있다.

"마나 폭탄들이 땅에 있고."

까딱 잘못하면 10만의 인질들이 전부 사망하는 수가 있다. 현실에서 시체로 발견되겠지.

"전투가 벌어질 경우. 플레이어들이 많이 죽을 테고."

저쪽에는 10만의 인질이 존재한다. 이쪽은 저 10만의 인질을 최대한 많이 구해내야 하고.

"어려운 상황입니다."

"어렵지 않을 거라고 생각했었어?"

"그건 아닙니다만."

애초에 쉬울 거라고 생각하지는 않았다. 저쪽이 먼저 우리에게는 10만의 인질이 있다고 공표했을 때부터, 그리고 1분에 한 명씩 죽일 때부터, 이미 어려울 것이라는 건 잘 알고 있었다.

"잘 감시하고 있어."

"주군께서는……?"

"잠깐 쉬고 올게."

한주혁은 로그아웃했다.

1보 전진을 위한 2보 후퇴라는 말이 있다.

'피곤하네.'

제아무리 한주혁이라고 해도, 이 정도의 스케줄을 소화하면 피곤하다. 올림푸스 내의 아바타. 그러니까 절대자 '아서'는 괜찮을지 몰라도 현실의 한주혁의 몸에는 무리가 많이 간다.

'1시간 정도만 쉬어야겠어.'

한주혁이 캡슐에서 나오는 것을 어찌 알았는지 천세송이 똑똑- 노크하고 들어와서는 잘 씻은 딸기와 토끼 모양으로 깎은 사과를 한주혁의 책상에 올려놨다.

"오빠. 많이 피곤하지?"

계속되는 워프. 연속된 진언. 피곤할 만하다. 게다가 10만 명의 인질을 구출해야 한다는 사명감 아닌 사명감까지 있으니. 어깨가 분명 무거울 거다.

"이거 딸기랑 사과 짱 맛있어."

천세송은 한주혁에게 다가가 한주혁을 한 번 끌어안았다. 그러고서 말했다.

"언제 깨워줄까?"

"한 1시간 있다가?"

10만의 인질들을, 최대한 피해 없이 구해내려면 그 정도의 휴식이 필요할 것 같다.

"알겠어. 1시간 후에 깨워줄게요."

사과와 딸기를 몇 개 집어먹은 뒤, 한주혁은 침대에 누웠다.

천세송이 이불을 덮어줬다. 그러고서 한주혁의 입술에 가볍게 키스했다.

"1시간 후에 깨워줄게."

불 끄고 나가는 척하다가 이내 몸을 돌려 침대로 쪼르르 달려왔다. 도저히 못 참겠다는 듯. 이불 속으로, 그리고 한주혁의 품으로 파고들었다.

"오빠한테 안겨 있을래."

한주혁은 자신의 품에 파고든 천세송의 머리를 살살 쓰다듬었다.

둘은 함께 잠들었고, 1시간 뒤 천세송이 먼저 눈을 떴다.

"오빠. 시간 다 됐어."

한주혁이 자리에서 일어섰다.

"오빠 화이팅!"

까치발을 들고서 뽀뽀했다.

내 남자. 자고 일어난 모습도 왜 저렇게 멋있는지 모르겠다.

"근데 오빠. 10만 명이나 되는 인질들을 어떻게 구할 거야?"

한주혁이 씨익 웃었다. 무릎을 살짝 숙여서 천세송과 눈을 마주쳤다.

"천세송 씨?"

"네. 한주혁 씨."

천세송은 한주혁의 눈을 바라보면서 배시시 웃었다. 눈을 마주치고 있는 이 순간이 그렇게 달콤할 수 없었다.

"저. 절대악입니다만."

더 정확히 말하자면 절대자이지만 한주혁 본인도 절대자라는 말보다 절대악이라는 말이 더 익숙하다.

"10만 명 구하는 거. 어렵지 않아요."

천세송이 고개를 끄덕였다.

'절대악입니다'라는 것이 그다지 논리적인 이유는 아니었다. 그렇지만 또 논리적이기도 했다. '절대악이다'라는 것으로 모든 것을 설명할 수 있었으니까.

천세송은 한주혁의 저 자신감이 좋았다. 내 남자지만 정말 멋있다고 느꼈다.

한주혁이 피식 웃었다.

"금방 갔다 올게. 갔다 와서 데이트하러 가자. 벚꽃 보러."

인류를 구하는 것도 중요하지만 데이트도 중요하지 않겠는가. 심지어 벚꽃은 며칠 피지도 않는다.

문득 거기에 생각이 미친 한주혁의 마음이 급해졌다.

'그러네?'

벚꽃이 피기 시작했다. 여자 친구와 벚꽃놀이 하고 싶다. 그러기 위해서는 '10만의 인질'을 빨리 처리해야 했다.

그가 접속하자마자 말했다.

"얘들아."

대기하고 있던 장로들과 칸트가 동시에 한주혁에게 집중했다.

"내가 해결하고 온다."

JTBN 손석기도 촬영을 시작했다.

촬영과 동시에 절대자 아서가 혼자서 바위산을 내려가기 시작했다. 그다지 은밀하지 않았다. 대놓고 걸어갔다. 기척을 숨기지도 않았다.

그때. 알림이 들려왔다.

-하늘 요새. 넵튠이 침입자를 발견합니다.

한주혁이 씨익 웃었다.

'하늘 요새?'

몬스터인 줄로만 알았던 저 생명체들이 사실은 '요새'란다.

그 알림을 손석기도 들었다. 그 알림 그대로 JTBN에 송출했다.

-하늘 요새?

-하늘에 떠다니는 요새인가?

-굉장히 상위 등급의 마법병기 같은데.

사람들 사이에서 '하늘 요새'가 무엇인지. 구체적으로 얼마만큼의 힘을 가지고 있는지에 대하여 설전이 오고 갔다.

-하늘을 날아다니는 요새 정도 되면…… 최소 1급 이상일 것임.

-1급 마법병기부터는 차원을 달리한다고 했음.

-제국의 진짜 힘은 이제부터 나오는 것일지도 모름.

한주혁의 생각은 달랐다.

"네가 드라칸보다 세냐?"

한주혁은 이미 드라칸을 본 적이 있다. 드라칸은 한주혁이 경험했던 모든 마법문물 중에서 가장 강력한 힘을 발휘한다.

천공요새 드라칸. 최상급 성족인 4명의 대천사의 승인이 있어야만 비로소 그 힘을 발휘할 수 있는 천공 요새.

대천사 세 명을 순식간에 소멸시킬 수 있는 엄청난 힘을 가졌던 천공 요새에 비하면 저 넵튠은 어린애들 장난감에 불과했다.

한주혁이 하늘을 올려다봤다.

여섯 마리의 몬스터. 정확히 말하자면 '넵튠'의 눈동자가 한주혁을 향했다.

현대 문물로 치자면 카메라에 가까운 눈동자. 한주혁이 손가락으로 넵튠의 눈동자를 가리켰다.

"그거 통해서 나 보고 있냐?"

한주혁은 확신했다. 저만치 아래. 요새 안에 오성 장군이 있다. 한 명도 아니다. 오성 장군이라 생각되는 힘이 세 명이나 느껴진다. 한 곳에 힘을 모으고 있는 중이었던 것 같다. 아니면 비밀스러운 회의를 하고 있든지.

한주혁이 말했다.

"기다려. 금방 갈게."

움직이려다가 멈칫했다.

"그러고 보니."

하늘에서 내려다보는 것이 마음에 안 든다. 카메라를 통해 보고 있다지만 저쪽이 여기를 내려다보고 있는 것 아닌가.

"마음에 안 드네."

한주혁이 손가락으로 하늘을 가리켰다. 그와 동시에 넵튠의 눈동자가 붉게 변하기 시작했다.

오성 장군 메이트. 플레이어들에게는 단 한 번도 그 모습을 드러내지 않은 장군. 그가 다른 세 명의 오성 장군들을 쳐다봤다.

"초운 그 쓰레기는 배신했고. 이스탁과 헤인이 죽었습니다."

상대는 결코 얕볼 수 없는 상대.

메이트는 현재 얼굴 반을 가리는 가면을 쓴 상태다. 어릴 적 심각한 화상을 입어, 얼굴 왼쪽 부분이 완전히 녹아내렸다. 그것을 감추기 위해 가면을 쓰고 다닌다.

"그놈은 건방지게도."

메이트는 잠시 숨을 들이마셨다.

절대악. 그놈은 돌이킬 수 없는 강을 건넜다. 플레이어 주제에. 너무 지나치게 나댔다.

"이스탁에게 사형을 선고한다 말했습니다."

플레이어 따위가 최상위급 NPC인 이스탁에게 사형을 선고했다고 했다. 이 얼마나 오만한 말이란 말인가.

"……."

"……."

"……."

다른 세 명의 오성 장군들도 입을 다물었다. 그들도 상당히 분한 것 같았다. 자존심이 크게 상했다.

"그토록 오만한 놈임에도 불구하고 이토록 설칠 수 있다는 건 그만큼 실력이 있다는 뜻이기도 합니다."

메이트가 말을 이었다.

"하늘 요새 넵튠이 놈을 발견했습니다."

설마설마했는데. 절대악이 어느새 이곳을 찾아냈다. 10만의 인질을 생포하고 있는 이곳에 말이다.

"여러분은 가만히 있으시죠. 내가 알아서 해결하고 올 테니."

메이트가 자리에서 일어섰다.

단순히 힘 싸움을 하려는 건 아니다. 오성 장군에 해당하는 그지만, 절대악과의 일대일 힘싸움은 하지 않을 거다. 스스로 불리하다고 생각하니까.

메이트가 천천히 걸어갔다.

"이스탁과 헤인의 복수를 하고 오겠습니다."

그때가 절대악이 이렇게 말을 할 때였다.

"기다려. 금방 갈게."

메이트는 그 말에 딱히 대꾸하지 않은 채 걸음을 옮겼다.

'놈의 행동력으로 보건대……'

지금 놈은 이상함을 알아차렸다. 함부로 쳐들어오지 않고, 일부러 이목을 집중시켰다. 차라리 기습이 나았을 텐데.

'우리에게 문제가 생기면 10만의 쓰레기들도 죽는다는 사실을 알아차렸겠지.'

그렇다면 얘기가 편해진다.

'놈은 지구의 영웅.'

영웅이라는 건 허울만 좋다. 그 칭호를 얻는 대신에 짊어져야 할 책임의 무게가 너무나 무겁다. 메이트는 그 사실을 잘 알고 있고, 그것을 잘 이용하기로 했다.

'10만의 인질 앞에서. 네가 무엇을 할 수 있겠느냐?'

입술을 깨물었다.

'갈아 마셔도 시원찮을 놈.'

사실 그는 이스탁과 그렇게 큰 친분은 없었다. 이스탁이 죽은 것 자체는 그냥 그렇다.

그런데 헤인을 죽였다.

'헤인과…… 배 속의 내 아이를.'

메이트는 헤인의 배 속의 아이가 자신의 아이라고 확신했다.

'헤인은 나를 진심으로 사랑했었다.'

사정이 여의치 않아 이상한 부관 놈과 결혼을 하기는 했지만, 그래도 헤인이 진심으로 사랑하는 사람은 자신이라고 생각했다. 자신이야말로 헤인의 사랑을 독차지했던 사람이다.

'내가 반드시 너를 죽여……'

그 죽음은 현실의 죽음까지도 뜻한다.

'헤인의 죽음에 대한 대가를 받아내겠다.'

메이트가 걷는 그 순간이, 한주혁이 넵튠을 향해 기분 나쁘다고 말을 할 때였다. 넵튠과 마법통신으로 연결되어 있는 메이트 역시 그 말을 들었다.

"어디. 환영 인사를 한번 해볼까?"

어차피 놈은 함부로 못 움직인다. 움직이려면 진작 움직였겠지.

"꽃잎을 선사하라."

그와 동시에 넵튠의 눈이 붉어졌다. 하늘을 나는 거대한 새의 형태. 넵튠이 눈이 붉어지면서, 필드 전체의 분위기가 약간 붉게 물들었다. 붉은 안개가 낀 것 같았다.

복도를 걸으면서, 메이트가 작게 읊조렸다.

"벚꽃 폭풍."

순간 꽃잎들이 휘날리기 시작했다. 아마도 벚꽃잎이라 짐작되는, 셀 수도 없이 많은 꽃잎. 그 꽃잎들이 한주혁을 향해 소용돌이치며 불어닥쳤다. 그 위세가 심상치 않았다. 필드 전체를 물들이며, 필드 전체에 가득 불어닥친 꽃잎 폭풍이라니.

10만의 인질들. 수많은 사람들 사이에서도 소요가 일었다.

"저, 저건 뭐지?"

"제발. 제발! 제발!"

그들은 극도의 공포에 질려 있는 상태. 그도 그럴 것이 1분에 한 명씩 참혹하게 죽어나가는 현장에 잡혀 있다. 그들은 사소한 변화에도 민감하게 반응했다. 적어도 이 자리에 제정신으로 침착함을 유지하는 사람은 거의 없었다.

"살려줘!"

"제발 살려줘!"

10만의 인질들은 자신들의 죽음을 예상했다. 그도 그럴 것이, 붉은 안개에 휘감긴 꽃잎 폭풍은 결코 온화해 보이지 않았으니까.

사람들은 직감했다. 저 꽃잎에 닿는 순간 온몸이 분해된다. 저 꽃잎이야말로, 날카롭기 짝이 없는 칼날과도 같다. 그들이 느끼기에는 그랬다.

하늘에서 불어닥치는 꽃잎 폭풍.

"오, 오, 오지 마……!"

"안 돼!"

몇몇은 바닥에 오줌을 지리기도 했고, 또 몇몇은 서로를 밀치며 도망쳤다. 그래 봐야 목에 달려 있는 쇠사슬 때문에 멀리 가지 못했지만.

또 몇몇은 바닥에 엎드려 엉엉 울기도 했다.

바위산에서 많이 내려오기는 했지만, 그래도 사람들에 비해 고지대에 있는 한주혁은 인상을 찡그렸다.

'그야말로 아비규환이군.'

저들의 공포. 충분히 이해한다. 공포에 질린 10만의 인파.

'제대로 살려서 돌아가야지.'

이왕 여기까지 온 거. 최대한 모두 살려서 돌아가야 한다. 그게 사람으로서 당연하다고 생각한다.

한주혁이 낮게 말했다. 크기 자체는 작았지만, 그 목소리는 절망에 빠진 10만 명의 사람들의 귓가에 똑똑히 전달됐다.

붉은 안개. 꽃잎 폭풍을 뚫고서. 강하고 힘 있는 목소리가 사람들의 귀에 정확하게 꽂혔다.

"구하러 왔습니다."

한주혁이 오른손을 들어 올렸다.

"꽤 화려하기는 한데."

화려하기는 한데 실속이 별로 없다. 한주혁의 오른손을 중심으로 하여 벚꽃잎들이 몰려들기 시작했다.

수많은 사람들도 그 모습을 봤다.

"뭐, 뭐야?"

"설마 구출대?"

"구출대가 왔다고?"

그들이 보기에는 거리가 너무 멀다. 제대로 보지 못했다. 누군가 새로운 사람이 나타난 것이라는 것만 알았을 뿐.

"방금 분명 구하러 왔다고 했잖아."

"구출대가 맞는 거야?"

"맙소사. 구출대가 왔다!"

그런데 그들의 환희와 기쁨은 그렇게 오래가지 못했다.

"한 명······?"

"한 명이라고?"

겨우 한 명이 왔다. 그마저도 벚꽃 폭풍에 지금 당장에라도 잡아먹힐 것만 같았다.

"아······."

수십 명의 사람이 바닥에 주저앉았다.

"폭풍이 저리로 몰려갔어."

이 꽃잎 폭풍은 저 구출대의 존재를 이미 알고 있는 것 같았다. 벚꽃잎에 구출대의 모습이 가려졌다. 이미 잡아먹힌 것 같았다.

붉은 필드가 어느새 정상으로 돌아오기 시작했다.

스스로 눈치 빠르다 생각하는 몇몇이 황급히 머리를 잡고 바닥에 엎드렸다.

"나는······ 아무것도 못 봤어."

"저는 아무것도 못 봤고 아무것도 모릅니다."

구출대가 왔다는 사실에 순간 기뻐했던 자신의 모습을, 혹시라도 NPC들이 보면 어떻게 될까. 지금 당장에라도 죽는 거 아닐까. 근원적인 공포감이 그들의 마음속을 파고들었다. 구출대를 환영한 적이 없다는 듯. 나는 지금 이곳에 만족한다는 듯. 살려달라고 빌었다.

그런데 이해 못 할 목소리가 또 들려왔다.

"말했잖아요. 구하러 왔다고."

한주혁의 몸을 뒤덮고 있던 벚꽃들이 순식간에 하늘로 빨려 올라가기 시작했다. 마치 하늘에 거대한 진공청소기가 있는 것 같았다.

하늘로 승천하다시피 솟아오른 벚꽃들은 여섯 마리의 비행 생명체. 정확히 말하자면 하늘 요새 넵튠 세 기의 몸을 토막 냈다.

한주혁이 뚜벅뚜벅 걸어갔다. 한주혁의 발자취 뒤로. 하늘 요새 넵튠 조각들이 떨어져 내렸다.

저벅. 저벅.

걸음을 옮길 때마다. 쿵. 쿵. 소리와 함께 넵튠의 잔해가 뒹굴었다.

'주목은 확실히 끌었네.'

10만의 사람들을 통제하는 것은 어렵다. 더더군다나 저렇게 제정신이 아닌 사람들을 통제하는 것은 거의 불가능에 가깝다. 한주혁은 경험으로 알고 있다. 이럴 때 어떻게 행동해야 하는지 말이다.

한주혁이 말했다.

"사람이 먼저다."

절대악이 내세우는 근본 가치다. 대부분 중국인이지만, 이 말을 못 알아들을 리는 없었다. 절대악 열풍의 중심에 '사람이 먼저'라는 모토가 깔려 있지 않은가.

"저는 여러분을 포기하지 않습니다."

'아. 이거 조금 오글거리는데.'

속으로 생각했지만, 표정과 걸음은 진지하기 그지없었다.

"여러분을 포기하지 않겠습니다."

인질들은 그제야 홀로 걸어오는 저 남자가 누구인지 알 수 있었다.

"절대악……?"

"절대악인가?"

절망과 의문은 이내 희망과 환호로 뒤바뀌었다.

"저, 절대악이 왔다!"

"절대악이다!"

절대악이 누구인가. 세계의 숱한 재앙들을 홀로 격파하며 이 자리까지 올라온, 입지전적의 플레이어 아닌가.

"지, 진짜다!"

"진짜 절대악이다!"

10만의 군중들의 얼굴에 희망이 샘솟기 시작했다. 말로만 듣던 절대악이 진짜로 눈앞에 모습을 드러낼 줄이야.

"나는 여러분을 포기하지 않을 건데. 조금 거슬리는 것들이 있네요."

한주혁이 손가락으로 하늘을 가리켰다.

벚꽃 폭풍의 역풍에서 무사한 나머지 세 기의 하늘 요새. 넵튠이 무엇인가를 눈치챈 듯 하늘로 높이 치솟아 올랐다.

"내려와."

넵튠은 올라가지 못했다. 그들의 몸이 철로 된 것 같았다. 땅은 거대한 자석이고. 순식간에 땅으로 빨려왔다.

쿠구궁!

엄청난 굉음과 함께 넵튠 세 기가 땅에 떨어졌다.

"사람 위에 사람이 있을 수 없듯."

그와 마찬가지로.

"사람 위에 NPC가 서는 세상은 없을 것입니다. 제가 그것을 약속합니다."

콰지직! 콰지직!

소리와 함께 넵튠 세 기가 폭발했다. 폭발의 충격파가 일었지만 플레이어 중 그 누구도 다치지 않았다.

"그 약속을 지키기 위해 제가 이 자리에 왔습니다."

한주혁은 그만 말하고 싶었다. 아무래도 이런 영웅 행세. 낯 간지러워서 못하겠다.

70 랜덤 플레이어 25

'그래도 이게 가장 효과적이겠지.'

저들의 입장에서는 완벽한 구세주이자 영웅으로 비칠 것이다. 저들을 효과적으로 통솔하기 위해서는, 강력한 영웅과 지도자가 필요하다. 자신은 그것을 연기하는 중이고. 효과는 확실했다. 적어도 수백 이상의 사람들이 울고 있었고, 희망에 차오른 표정을 짓고 있었다.

"살았다……!"

"우리는 이제 살았다고!"

"살았어!"

저들의 표정에는 이제 '삶'이 보이기 시작했다. 적어도 지금이라면, 한주혁이 똥을 된장이라고 말해도 믿을 것이다.

그런데 그때.

짝! 짝! 짝! 박수 소리가 들려오기 시작했다.

얼굴 왼쪽 반을 가면으로 가린 한 남자가 걸어오고 있었다.

"훌륭한 말이군요."

7급 장군 메이트. 그는 사실 무력으로만 치자면 7급 장군에 들 수 없는 NPC였다. 그는 무관 타입의 NPC가 아니라 문관 타입의 NPC. 오성(五星) 장군들의 지혜 주머니. 지낭의 역할을 하는 NPC였다.

'어차피 나를 죽이지는 못해.'

10만의 인질이 있는 이상, 자신을 죽이지는 못한다는 판단이 섰다.

'내 얘기를 들을 수밖에 없겠지.'

절대악은 세계의 영웅. 바깥 세계의 시선을 많이 신경 쓰는 사람이다.

'10만의 인질을 풀어주는 것을 조건으로 걸어야겠어.'

바깥세상에는 '올림푸스 매니아'라고 하는 소통의 창구가 존재한다. 그곳을 통하여 수많은 노예 예정자들이 지금의 상황을 지켜보고 있을 것이다.

'대신 조작된 충성 서약서를 내밀면…….'

겉으로는 '평화 약정서'라고 되어 있을 거다. 시스템의 힘을 빌어 평화 약정서를 절대악에게 내밀게 될 거다. 평화 약정서에는 10만의 인질을 풀어주고, 절대악과도 화친을 맺는 것으로 되어 있다. 기본 골자는 그렇다.

'받아들이지 않고는 배기지 못할 것이다.'

얼마나 아름다운가. 이쪽은 인질을 풀어주고. 저쪽은 평화 약정서에 사인만 하면 된다.

'시간이 흘러 그것이 평화 약정서가 아닌 충성 서약서라는 사실을 알게 되었을 때에는.'

그때에는 이미 늦었을 것이다.

'내 말을 무조건 들어야겠지.'

그렇게 될 것이다. 절대악이라는 충실한 종을 얻게 되면, 그 이후로는 NPC들의 세계가 될 것이다.

'7급이 아니라 6급, 아니, 5급 이상으로 승진할 수도 있을 것

같다.'

저도 모르게 흐뭇한 미소가 떠올랐다.

'절대악을 거느린 오성 장군. 지낭(智囊) 메이트라.'

생각해 보면 그 재수 없는 6급 장군, 체이코의 코를 납작하게 눌러줄 수도 있을 것이다. 사내놈이 거추장스러운 가면이나 달고 다닌다고. 근육도 없는 것이 쪽팔린 줄 알라고 공공연하게 떠들고 다니는 재수 없는 그놈.

'절대악 하나를 얻으면 참 많은 것이 변하겠어.'

10만의 인질을 놔주고 절대악 하나를 얻으면 좋은 것 아니겠는가.

'플레이어들의 언어로 개이득이라고 하던가.'

걸음을 옮겼다.

청력을 끌어올려 들어보니 절대악이 꽤 좋은 말들을 해주고 있었다.

'과연.'

조금 더 기분이 좋아졌다.

'플레이어들의 이목을 신경 쓰는 놈이로구나.'

진짜로 정의로운 놈이든 아니면 정의로운 척을 하는 놈이든, 어쨌든 결과는 같을 것이다. 박수를 치기 시작했다.

짝. 짝. 짝. 짝.

그리고 절대악에게 말했다.

"훌륭한 말이군요."

한주혁은 '메이트'에 대해서 대충 들었다.

플레이어들에게 얼굴이 공개되지 않은 NPC. 얼굴 한쪽을 가면으로 가리고 다니는 오성(五星)장군.

보자마자 느낄 수 있었다.

'약하네.'

박수 소리는 크지 않았다. 겉으로 보기에는 그랬다. 하지만 그 안에는 마나가 담겨 있었다. 실제로 이 10만에 달하는 플레이어들이 조용해지지 않았는가.

'10만 명 전부에게 소리를 보냈어.'

절대악인 자신만을 의식하는 것이 아니라, 10만의 인질들을 전부 의식하고 있다는 소리다.

'힘은 더럽게 약한데.'

물론 여기서 약하다는 건 한주혁 기준이다. 아무리 그래도 7급 장군이고, 그중에서도 오성 장군이라고 불린다.

'그렇게 약한 주제에 오성 장군의 자리까지 올랐다는 건.'

몸을 쓰는 게 아니라 머리를 쓰는 타입이라는 판단이 섰다.

'얘기하면 귀찮겠네.'

그래서 말했다.

"닥쳐."

"……."

메이트는 순간 당황할 뻔했다.

'뭐지? 저 상스러운 말투는?'

조금 헷갈렸다. 얘기를 듣고 있노라니 진지한 영웅의 모습을 추구하는 인간상이라고 판단했는데. 갑자기 닥치란다.

'나에 대해서 파악한 모양이군.'

싸울 의지는 없다는 것을 이미 알아차린 모양이다. 이쪽의 의도를 읽기는 한 것 같다. 그래서 애초에 대화 자체를 단절하려는 것이겠지.

"본론부터 말씀드리겠습니다. 10만의 인질을 풀어드리죠."

그 말은 당연히 필드 전체에 들려왔다. 실제로 알림까지 들렸다.

-오성(五星)장군 메이트가 '실종 상태'를 해제하기 원합니다.
-현 필드의 '실종 상태'가 해제됩니다.
-단, 조건이 존재합니다.

조건부 실종 상태 해제. 메이트가 말을 이었다.

"서로 평화를 약속하면, 인질을 모두 풀어드리겠습니다."

10만의 사람들이 웅성거리기 시작했다. 그들은 실제로 들었다.

"저, 저기. 알림 들었나요?"

"저도 들었어요."

비록 조건부이기는 하지만 '실종 상태'가 해제된다고 했다.

현재까지는, 플레이어가 자력으로 '실종'에서 벗어날 수 없다. NPC들에게 납치당한 뒤, 일단 실종이 되었으면 죽는다. 온몸의 구멍에서 피를 쏟으면서 말이다. 보통은 그게 상식이다.

"살아 돌아갈 수 있겠어요."

"이, 이게 꿈은 아니죠?"

이건 꿈이 아니라 현실이었다. 절대악이 나타났고, NPC가 평화를 먼저 얘기했다.

한주혁이 피식 웃었다.

'평화 약정서?'

한주혁은 그것을 받아들이지도 않았다.

"닥치라고 했잖아."

순간, 메이트는 심장에서 느껴지는 저릿한 느낌에 털썩 무릎을 꿇었다.

"컥!"

피를 토했다. 메이트의 입에서 토해진 피가 그의 가슴팍을 적셨고, 붉은 젤리 같은 핏덩이가 땅에 떨어졌다.

"나는 당신에게 평화를 먼저 제안했습니다. 그런데 당신은 평화를 원하지 않는 것 같군요."

그 말은 10만의 플레이어들에게도 고스란히 전달되었다.

10만의 플레이어들도 동요하기 시작했다.

"뭐, 뭐야?"

하필이면 지금 타이밍에 알림이 또 들려왔다.

-조건이 불충족되었습니다.
-'실종 상태'가 유지됩니다.

플레이어들은 이 상황을 믿을 수 없었다. 절대악이 나타났고, NPC가 평화를 제안하는 것까지는 좋았다. 실종 상태가 금방 해제될 것이라고 믿어 의심치 않았다. 그런데 왜, 왜 절대악이 평화를 약속하지 않은 것인가.

메이트가 말했다.

"당신이 이들 전부를 죽인 것입니다."

그 말에 플레이어들이 움찔했다.

"10만 명. 역사는 당신을 10만을 학살한 가짜 영웅이라고 기록하겠지요. 지금 이 시간 부로. 플레이어들은 살아 돌아갈 수 없을 것입니다. 바로 당신 때문에."

그 말은 플레이어들 전체에게 전달 됐다.

몇몇 플레이어들은 외치고 싶었다. 도대체 왜. 왜 NPC의 제안을 거절하는 것인가! 왜 우리들의 목숨을 가지고 장난을 치고 있는 것인가! 당신의 가족이 인질로 잡혔더라도 이런 식으로 행동했을 텐가!

그렇지만 외치는 사람은 없었다. 한주혁 역시, 플레이어 전체에게 들리도록 말을 이어갔기 때문이다.

"어차피 살려줄 생각 없었잖아?"

실제로 메이트에게 그런 생각이 있었는지, 없었는지는 중요하지 않다.

"어디서 개수작이야?"

평화 약정서가 실제로 효력을 발휘하는지, 하지 않는지는 한주혁도 모른다.

"먼저 X나 패놓고서, 이제는 우리 화해하자. 이게 맞는 거냐?"

평화? 화해? 다 좋다.

"지금 너네는 평화 약정서가 아니라, 사과문을 먼저 보냈어야지. 죄송합니다. 앞으로 안 그러겠습니다. 우리가 잘못했습니다. 진심으로 사죄합니다. 이게 먼저지."

이게 먼저 아니겠는가.

'어차피 가짜겠지만.'

옥쇄도 가짜로 만드는 마당이다. 게다가 이미 NPC들이 시스템을 조작하여 플레이어들에게 영향을 끼칠 수 있다는 사실도 알고 있는 상황.

"살인마 주제에 어디서 평화를 운운해?"

한주혁의 눈에 살기가 어렸다. 메이트도 그 살기를 읽었다.

'저 살기는 진짜다.'

그 상황에 이르러서 메이트는 머리가 굳어버렸다.

머리가 좋기는 했는데 이런 극한의 상황을 겪어보지 못한 메이트다. 죽음의 위협 앞에서. 심장을 통해 온몸으로 퍼져 나가는 공포와 고통 속에서. 그는 마음이 급해졌다.

"다시 한번 생각할 기회를 드리겠습니다. 10만의 인질. 저들이 살아 돌아갈 수 있는 방법이 충분히 있는데, 그 기회를 걷어차시겠습니까? 그 기회를 날려 버리는 것은 큰 문제라고 생각합니다만."

"아. 그건 좀 문제지."

10만의 생명이 걸려 있다는 건 큰 문제다.

"내가 너를 안 죽인 것도 그 이유거든. 너를 죽이면 요새가 폭파될 거고. 요새가 폭파되면 땅 밑에 숨겨져 있는 마나 폭탄들이 사람들을 죽일 거니까."

겉으로 표현하지는 않았지만 메이트는 순간 흠칫했다.

'다 파악하고 있었나.'

파악하려면 못할 것도 없다. 놀라운 사실은 아니다. 다만 그것을 알고 있음에도 불구하고 이렇게 막무가내로 행동하는 절대악의 행동력이 의아할 뿐.

"근데 말이야. 너네 마나 폭탄이 얼마나 강력한지는 모르겠는데."

한주혁이 여유롭게 피식 웃었다.

"그게 내 가호보다 세냐?"

그 장면이 손석기의 드론에 의해 전 세계에 표출되었다.

'악신의 가호'는 이미 세계적으로 유명한 스킬이다. 물론 '악신의 가호'가 어떤 능력을 가졌는지 구체적으로 알려지지는 않았다. 다만 사람들이 유추하기로 엄청난 버프 효과와 함께 방어력을 올려주는 스킬로 알려져 있다.

"경험해 보니까 초월급 마법병기도 별거 아니던데?"

순간 메이트는 이를 갈았다. 초월급 마법병기. 무엇을 뜻하는지 안다. 분명 카닉서스를 뜻하는 것이다. 자신을 사랑했던 여자. 헤인이 가지고 있던 무기.

"그런 거 수억 개 갖고 와서 터뜨려 봐."

한주혁은 여전히 자신감 넘치는 태도로 말을 이었다.

"이곳에 있는 사람들 털끝 하나도 어쩌지 못할 테니까."

"……"

루펜달이 자리에서 벌떡 일어섰다. 현실에서 외쳤다.

"형렐루야! 형멘!"

재미있는 건 루펜달 같은 광신도가 아닌, 현재의 상황을 지켜보고 있는 수많은 사람도 '형렐루야, 형멘'을 외쳤다는 것이다.

다만 한세아와 천세송은 조금 이상함을 느꼈다.

한세아가 먼저 말했다.

"오빠한테 저런 방어 스킬이 있었나?"

오빠에게는 10만 명을 일시에 죽일 수 있는 힘이 있다. 그런

데 반대로, 10만 명을 한 번에 지키는 힘은 없는 것으로 알고
있다.

"세송이 너는 뭐 아는 거 있어?"

"글쎄……."

천세송도 알 수 없었다.

그렇다고 오빠가 지금 장난을 치는 것 같지는 않은데. 10만
의 목숨을 가지고 인질극을 벌이고 있는 상대와 장난을 칠 수
는 없지 않은가.

한주혁의 눈이 가늘게 변했다.

'마나 폭탄을 터뜨리려고 했다면 진작 터뜨렸겠지.'

메이트는 그런 극단적인 선택을 하지는 않았다. 죽음의 공
포를 느끼고 있는 지금에 이르러서는 아마 스스로 살 수 있는
길을 먼저 찾고 있을 거다.

"역으로 제안할게. 10만의 인질을 풀어주면 너는 일단 살려
준다."

"……."

"너도 느꼈을 텐데. 내가 널 못 죽여서 죽이지 않은 게 아니
라는 걸."

메이트도 그 사실을 뼈저리게 느꼈다. 아까의 심검. 절대악

은 전력의 반의반도 사용하지 않았다.

"기회는 네가 주는 게 아니라 내가 주는 거야."

한주혁이 손가락 다섯 개를 활짝 폈다.

"지금부터 다섯 센다. 인질을 전부 풀어주고 너도 살아서 돌아가든지. 그도 아니면 여기서 죽든지. 오."

한주혁은 침착한 태도로 한쪽 무릎을 꿇고 있는 메이트를 내려다봤다. 스스로 눈치가 빠르다고 자부하는 메이트는 한주혁의 여유를 느꼈다.

'절대악은…… 진심이다.'

저놈은 진심이었다. 10만의 인질을 구출할 수 있다고 확신하는 것 같았다.

'절대악에게 진짜로 그런 힘이 있나?'

그사이 카운트가 줄었다. 절대악이 '사'를 말했다.

'어떻게 해야 하지?'

10만의 인질. 그리고 자신의 목숨. 뭐가 중요하단 말인가. 그런데 또 인질들을 풀어주었다가는 위에서 문책이 내려올 거다.

6급 장군 체이코. 그놈은 평생 비웃겠지. 아니, 징역형에 처해질지도 모른다.

'그럴 바에야.'

차라리 아예 항복하고 절대악의 밑으로 들어가 버리는 건? 차라리 그게 낫겠다는 판단이 섰다.

하지만 만약 잘못되면? 절대악이 결국 제국에게 패배하면 죽게 되면? 그러면 자신도 무조건 죽는 목숨이다.

절대악이 손가락 하나를 더 접었다.

"삼."

절대악이 비교적 카운트를 늦게 세고 있다. 그 짧은 순간, 메이트는 오만가지 생각을 다 했다.

그런데 그때. 메이트가 전혀 생각지도 못했던 일이 벌어졌다.

3장
6급 장군의 등장

한주혁이 '삼'을 말한 뒤.

"일. 땡. 끝."

갑자기 손가락을 접어버렸다.

카운트가 끝났다.

"협상 결렬."

한주혁이 씨익 웃었다. 메이트에게 그 웃음은 굉장히 비열하게 느껴졌다.

메이트는 당황하지 않고 침착하게 물었다. 심검에 의해 입은 상처도 약간은 회복했다. 아직 숨이 가쁘기는 했지만 평범하게 대화를 이어갈 정도는 됐다.

"이건 너무한 것 아닙니까?"

"그게 네가 할 소리냐?"

10만의 인질을 붙잡고 1분에 한 명씩 잔인하게 죽이던 놈들과 협상할 생각은 애초에 없었다. 살인자들 아닌가.

　"아프지는 않게 보내줄게."

　그와 동시에 수많은 사람들이 바위산에 모습을 드러내기 시작했다. 하늘 요새 넵튠은 이미 땅에 떨어진 지 오래. 바위산을 감시하는 인력은 없었다. 그들은 미리 합을 맞추어놓은 듯 여러 갈래로 갈라져 바위산을 내려가기 시작했다.

　메이트는 이 상황을 믿을 수 없었다.

　'도대체……'

　저 수많은 플레이어들이 어디서 어떻게 나타났단 말인가.

　'그것까지는 그렇다 치더라도.'

　그건 그렇다 칠 수 있다. 인간들이 구출대를 파견했다 칠 수 있다. 그게 문제가 아니다. 왜 요새 안에서 아무런 반응이 없는 건지 이해할 수 없었다.

　한주혁이 말했다.

　"왜? 네 친구들 찾아?"

　"……."

　저 말이 맞았다. 요새 안에는 오성(五星) 장군 무려 셋이 있다. 일단 메이트에게 일을 맡겨놓았지만, 일이 정말로 잘못될 경우 합세하기로 했다. 안 그래도 메이트는 저들을 불러야 하나 말아야 하나를 진지하게 고민하던 중이었다.

　"죽은 친구들을 왜 찾아?"

"……뭐라고 했습니까?"

메이트는 이해할 수 없었다. 죽었다니. 요새 안에 있는 오성 장군들이 죽다니?

"너희끼리 오성 장군이니 뭐니 불러도. 최상급 NPC가 됐든 뭐가 어찌 됐든."

그래 봤자 결론은.

"X밥 7급 장군 아니냐?"

그 말에 드론을 활용하여 현 상황을 중계하고 있는 손석기 조차 순간 말문을 잃어버렸다.

'7급 장군이면……'

수백억에 달하는 NPC들 중에서도 상위 0.1퍼센트에 속하는 최상위급 NPC 아닌가. 애초에 '장군급' NPC는 플레이어들과 교류 자체가 없었던 천외천의 NPC였다. 그런데 그 7급 장군을 저런 식으로 표현하다니.

한주혁이 가볍게 윙크했다.

"말했잖아. 내가 많이 봐줬다고."

기회는 네가 주는 게 아니라 내가 주는 거라고. 그 말은 사실이었다.

메이트의 등에서 식은땀이 흘러내렸다.

'저게 허세가 아니라는 사실은 진작 알고 있었다.'

그런데 요새 안에서 보호받고 있는 NPC 셋. 그것도 오성 장군 NPC를 보지도 않고 이 자리에서 죽였다? 이게 가능한 일인가? 이게 가능하려면 어느 정도란 말인가.

'최소 3급 장군 이상의 힘이다.'

거기까지 생각을 한 메이트는 절대악이 왜 자신을 아직도 죽이지 않고 살려두었는지 알 수 있었다.

"나를 아직까지 살려둔 이유는…… 역시 인질 때문이었군."

인질들 때문이었다.

메이트는 순간 화가 치밀어 올랐다. 얼굴이 붉게 달아올랐다. 절대악에게 속았다는 생각에 분노를 참을 수 없었다.

"네놈의 능력이 거짓이 아니라는 건 잘 알겠다. 어마어마한 힘을 가지고 있다는 것도 알겠다."

그런데.

"그런데 저 노예 새끼들을 지킬 수 있는 힘이 있다는 것이 거짓이었구나! 이 가증하고 더러운 천민아!"

어찌나 화가 났는지 메이트는 평생 벗지 않았던 가면을 벗어 한주혁을 향해 집어 던졌다.

한주혁이 가볍게 그 가면을 낚아챘다.

"이 가면 벗는 게, 폭탄의 기폭제인가 봐?"

분노하기는 했으되, 메이트의 감정 기복이 너무 커 보였다. 조금 이질적으로 다가왔다.

'어라? 맞나 보네.'

땅 밑에서 반응이 있다.

"네 말대로 플레이어들을 전부 구할 수 있는 힘이 내게는 없지."

혼자서는 얼마든지 살 수 있다.

마나 폭탄? 마법 병기? 그 어떤 것으로도 자신을 해할 수 없다는 확신이 있다. 예전에 봤었던 대천사 세 명을 한순간에 학살한 드라칸 정도 되는 무기. 혹은 고도로 진화한 뉴클리안쯤 되어야 위협이 될 거다.

"근데 너희가 착각하고 있는 게 있는데."

한주혁이 진언을 말했다.

"가만히 있어."

순간, 메이트 주변의 마나가 움직였다. 메이트는 온몸이 굳어가는 것을 느꼈다. 석화 마법과 비슷했지만 마법은 아니었다.

한주혁이 메이트의 얼굴에 가면을 다시 씌웠다.

'확실히 마나 폭탄의 흐름이 느려졌네.'

폭탄이 터지기는 터진다. 그렇지만 속도가 많이 늦어질 거다. 가면을 다시 씌우는 이 행위가 폭발의 진행 속도를 많이 늦추었다.

"너희만 팀인 게 아니야."

어느새 수많은 플레이어들이 한주혁의 지척 거리까지 접근했다.

"우리도 팀이거든."

'우리도 팀이거든'이라는 말이 전 세계에 송출되자 수많은 사람들이 '나는 그 순간. 인류애를 느꼈다'라고 표현했다. 많은 이들의 가슴을 움직였다.

지금 모습을 드러낸 플레이어들은 누구나 알 법한 쟁쟁한 랭커들이었다.

-헐. 저 플레이어들이 왜 한자리에 있어?
-미쳤다. 다 있다. 전 세계 랭커들이 다 있다.

LZ연합의 구본부. 어벤져스 연합의 캡틴. 흑장미&흑기사 연합의 로랑. 마법 연합의 샤먼. 바이킹 연합의 스베니아. 검객 연합의 호크. 헤이즐 연합의 드라큐아. 그리고 혼자서 활동하는 것으로 유명한 솔로잉 플레이어 자이로. 그리고 그들을 따르는 수많은 랭커들까지.

-와. 대박이네.
-속보 떴다.

실시간으로 전 세계에 속보가 떴다.

-UN에서 파견했대.
-UN에서?

하지만 그 누구도 UN이 이 대단한 일을 해냈다고는 생각하지 않았다.

-바이킹 연합의 스베니아랑 검객 연합의 호크는 사이가 엄청 나쁜 걸로 아는데.

-드라큐아랑 샤먼도 마찬가지임. 같은 하늘 아래 같은 작전이나 레이드는 절대 하지 않겠다고 여러 차례 싸운 적 있음.

UN은 저들을 모두 불러 모을 수 없다. 스베니아와 호크. 그리고 드라큐아와 샤먼을 '구출대'라는 미명 아래 함께 작전을 펼칠 수 있게 해준 것은 UN의 힘이 아닌 절대악의 힘이라는 것은, 열 살짜리 어린아이라도 알 수 있을 정도였다.

-랭커들이 전부 모였다고 보면 되네.

NPC와 인류와의 전쟁. 그 전쟁의 시작은 모르골에서 시작했는데, 그 모르골을 향해 인류의 대표들이 전부 몰려갔다고 해도 과언이 아니었다.

속보가 연신 터져 나왔다.

-세계 최고 수준의 랭커들. 바위산 구출대에 자원.

-절대악의 기치 아래 하나로 모인 탑 랭커들.

사건의 전말은 이러했다. 절대악인(사실은 절대자지만 모두가 절대악이라고 부른다) 한주혁이 국제기구인 UN에 도움을 요청했다.

더 정확히 말하자면 명령에 가깝긴 했지만 어쨌든 대외적으로는 요청했다. 10만의 인질을 구출하러 갈 테니, 그것을 도와달라고. 10만 명쯤 되는 대인원을 구출하는 것은 또 대규모 인력이 필요하다고.

그 요청을 받아들인 UN이 전 세계의 탑 랭커들에게 전문을 돌렸다.

현 UN 사무총장인 '안티오스 포테리아'조차도 이 사실에 감격했다.

'이게…… 절대악의 영향력.'

절대 같은 하늘 아래 서 있을 것 같지 않던 앙숙들도 같은 자리에 섰다. 절대악의 명령 아래 한마음으로 뭉쳤다. 물론 10만의 사람들을 구한다는 대의명분이 있기는 했지만 만약 절대악이라는 절대적인 리더가 없었다면, 저들은 함께하지 않았을 거다.

'아니. 애초에 구출대를 만들지 않았겠지.'

상대는 무려 7급 장군이다. 절대악쯤 되니까 허접하다며 농락하지, 일반 플레이어들에게는 거의 신에 근접한 NPC라 할 수 있다.

탑 랭커에게도 그건 마찬가지다. 아무리 탑 랭커들이라고 해도 7급 장군에게는 비벼볼 수조차 없으니까.

10만의 인질들이 죽어가는 것은 안타깝지만, 그들을 위해 자신을 희생하지는 않았을 거다. 냉혹하지만 그게 현실이었다. 그리고 그 현실을 완벽하게 바꿔 버린 사람이 절대악이고.

수많은 사람들이 열광했다. BJ 핵초리의 개인 채널에서도 채팅이 미친 듯이 리젠되었다.

-지난 200년 이래로, 가장 역사적인 순간이라 할 수 있을 듯.
-와. 진짜 대박이다.

'이 땅의 사법 정의를 바로 세우라'라는 또 하나의 절대악 태풍을 불러일으킨 지 얼마 되지도 않았는데, 그 태풍보다 더 큰 태풍을 불러왔다. 전 세계 랭커들을 한자리에 모아 7급 장군에게 잡힌 인질들을 구출하러 목숨을 걸고 움직였다.

절대악이 내세우고 있는 가치. 사람이 먼저다. 절대악과 랭커들은 그 사실을 말이 아닌 행동으로 증명하고 있었다.

"우리도 팀이거든."

그 말에 이 작전을 진두지휘하고 있는 캡틴도 가슴이 뭉클해졌다.

절대악의 요청, 아니, 명령 때문에 랭커들이 모인 것은 맞다. 각국 정상들이 절대악에게는 무조건적으로 협력하려 하니까.

그게 맞기는 맞는데 자신들도 사람은 사람이다. 절대악이 말하는 '사람이 먼저다'라는 것을 부정하는 사람은 거의 없었다.

캡틴의 발걸음에 무게가 실렸다.

'그렇다.'

절대악에 비하면 한없이 약하고 초라할지 몰라도. 그래도 자신들은 랭커들이며, 많은 권리를 누리고 있는 사람들이다. 사람들이 말하기로는 귀족에 축하는 사회 지도층이다.

그리고 그 사람들이 지금 팀을 이루었다. 권리를 누리는 것만큼, 의무를 다하기 위해서. 사람이 사람을 구하기 위해서. 사람이 사람을 살리기 위해서.

'우리도 팀이다.'

많은 플레이어들이 말로 표현하지는 않았지만 절대악의 '우리도 팀이거든'이라는 말에 큰 감정을 느꼈다.

한주혁이 말을 이었다.

"말했지. 기회는 내가 주는 거라고."

구출대가 도착했다. 워프에 특화되어 있는 마법 연합의 샤먼. 그리고 유럽의 수많은 워프 장인들이 이들의 워프를 도울 것이다. 그에 필요한 비용은 UN과 각국에서 부담하고, 중국에서도 부담한다. 모두가 자처한 일이다.

메이트는 머리를 빠르게 굴렸다. 그러고서 빠르게 말했다.

"살려만 주시면 뭐든지 다 하겠습니다. 저는 이용 가치가 많습니다. 초운보다 훨씬 더 가치 있는 정보들을 많이 알고 있습니다. 기회를 주십시오."

"기회는 애초에 없었어."

이들과 타협할 생각은 원래부터 없었다. 10만을 죽이려던 학살자들이다. 만약 자신의 힘이 메이트보다 약했다면, 10만이 아니라 70억에 달하는 인간들이 노예로 전락했을지도 모를 일이다.

LZ연합의 구본부는 이 순간, 절대악의 명령이 떠올랐다.

'이 땅의 사법 정의를 바로 세워라.'

절대악이 직접적으로 그 말을 한 적은 없다. 구본부가 아는 한주혁은 그런 말을 직접적으로 내뱉을 사람은 아니었다. 다만 사람들이 그렇게 해석할 뿐.

구본부도 그렇게 해석했다.

'살인마와의 타협은 애초부터 없었던 것이다.'

아마 이 모습을 보면 뜨끔할 판사들이 많을 것이다. LZ연합의 구본부는 미리 맞춰놓은 계획에 따라 중국 플레이어들을 질서 있게 대피시키기 시작했다. 수많은 랭커들이 모습을 드러냄에 따라 구출작전이 원활하게 진행되었다.

한주혁이 말했다.

"앞으로 너는 그 자리에서 움직일 수 없을 거야."

죽을 때까지 말이다.

그 말은 곧 '진언'이었고, 메이트에게는 재앙이었다. 메이트에게는 사형 선고나 다름없었다.

이곳은 얼마 후, 엄청난 마나 폭발이 있을 거다. 메이트는 그 폭발에서 살아남을 수 없다. 메이트는 그 사실을 잘 알고 있다.

석화에 걸리기라도 한 듯. 몸이 굳어버린 메이트가 눈물을 흘리며 외쳤다.

"제, 제발……! 제발 살려주십시오! 뭐든지 다 하겠습니다! 발가락이라도 핥겠습니다! 살려만 주시면 뭐든지 다 할 것입니다!"

그런데 그때. 한주혁의 계획 속에 없었던 변수 하나가 튀어나왔다. 메이트의 그림자 속에서 누군가가 튀어나왔다.

"메이트. 쪽팔린 줄 알아라."

그 말이 들려옴과 동시에 메이트는 희망과 절망을 동시에 맛봐야만 했다.

'왜 와도 하필이면……!'

모습을 드러낸 근육질의 남자. 저 남자의 이름은 체이코다. 키가 무려 3미터에 달하며 살짝 누르기만 해도 터질 것만 같은 어마어마한 사이즈의 근육을 자랑하는 6급 장군. 7급 장군인 메이트가 가장 싫어하는 상관이기도 했다.

'나는 절대악의 힘을 봤다.'

저 힘은 아마도 최소 3급 장군 이상의 힘을 가지고 있을 거다. 현재 그의 판단에는 그랬다.

'6급 장군 체이코라고 해도. 승산은 없어.'

6급 장군 체이코는 강하다. 강하지만 절대악은 더욱 강하다. 메이트는 그렇게 판단했다.

"체이코. 당신이라고 해도 절대악 앞에서는 어쩔 수 없을 겁니다."

"웃기고 있군."

3미터가 넘는 거구인 체이코가 콧방귀를 내뿜었다.

"7급 따위가 감히 내 힘을 측량할 수 있겠냐?"

6급 장군 체이코는 품 안에서 아이템 하나를 꺼내 들었다. 커다란 덩치에 걸맞지 않은, 아주 자그마한 부채였다. 그 부채는 귀여운 고양이가 수놓아져 있었다.

메이트가 그것을 알아봤다.

"그, 그것은……!"

황금색 실로 수놓아진 고양이. 작은 부채. 저것은 모르골 제국의 황실에서 특별히 하사하는 초월급 마법병기 '금선'이다.

부채를 부치는 횟수에 따라 여러 가지 힘을 일으키는데, 그 힘은 가히 자연재해에 버금간다고 알려져 있다.

메이트는 믿고 싶지 않았다.

"그것을 어떻게 당신이?"

"그게 네 시야의 한계라는 거다. 나는 오래전부터 금선을 사용해 왔거든."

저 우람한 덩치에는 어울리지 않지만 어쨌든 한주혁은 저

부채가 꽤 값나가는 것이라는 것을 알아차렸다.

한주혁이 씨익 웃었다.

"좋아 보인다?"

"어린 애새끼가 말부터 놓는 것 보소."

체이코의 승모근에 힘이 잔뜩 들어갔다. 거짓말 조금 보태서 덩치가 2배는 커진 것 같았다.

"그것도 뭐 혹시 사람을 잡아먹는 병기냐?"

체이코가 풉, 하고 코웃음을 쳤다.

"아마 네놈이 최초가 될 것이다."

한주혁이 만족한 듯 웃음을 지었다.

자신더러 최초란다. 그렇다면 아직까지는 사람을 잡아먹은 적이 없다는 얘기 아니겠는가. 7급 장군 헤인이 가지고 있던 '카닉서스'는 가지기에는(더 정확히 말하자면 강탈하기에는) 너무 끔찍한 무기였다. 그런데 금선은 아닌 것 같다.

한주혁은 뒤를 힐끗 쳐다봤다.

'구출 작전은 잘 이어지고 있고.'

이곳에 모인 플레이어들은 그래도 각 나라를 대표하는 톱랭커들이다. 비록 NPC와의 직접 전투 능력은 현저히 뒤떨어질지 몰라도, 위기에 대처하는 능력 자체는 나쁘지 않았다.

'마나 폭탄이 완전히 터지기 전에 모두 구출할 수 있을까?'

아직까지는 확실하게 모르겠다. 가능하면 피해자 없이 모두를 구출하고 싶은데.

한주혁이 한 걸음 앞으로 내디뎠다.

"6급이라."

체이코는 호기롭게 웃었다.

"플레이어들 따위는 감히 눈도 못 마주치실 분을 맞이한 기분이 어떠냐?"

곳간풍족자. 열비람이 올림푸스 매니아에 모습을 드러냈다. 열비람은 자신의 정체를 공개했다.

-헐. 대박.

-소문이 사실이었음?

3충성과 항상 내기를 해왔고, 그 내기의 스케일이 상당히 컸었던 열비람. 그의 정체는 다름 아닌 란돌이었다.

-급식체 오지게 쓰던데.

-진짜라고? 란돌이 열비람이라고?

3충성마저도 망치로 머리를 얻어맞은 것만 같은 기분에 휩싸여야 했다.

'란돌 왕자?'

곳간풍족자. 범상치 않다 했더니 정말로 범상치 않은 인물이었다. 파이라 대륙의 왕자. 둘째가라면 서러울 부자 아닌가.

그 곳간풍족자 열비람이 공약을 하나 내걸었다.

-6급이든, 5급이든, 4급이든. 급수에 상관없이 절대악이 마음만 먹으면 모두가 원샷 원킬임.

열비람이 등장하는 곳에 언제나 3충성이 있다. 3충성은 상대가 란돌 왕자라는 것에 기죽지 않았다. 오히려 더 호기롭게 달려들었다.

-그 말은 1급 장군도 해당된다는 뜻임?

란돌은 한국인보다 더 빠르게, 능숙한 한국어로 타자를 쳤다.

-1급 장군, 아니, 그 이상의 NPC라 할지라도 원샷 원킬을 확신함.

3충성이 후후- 하고 웃었다.

3충성도 절대악이 진정한 절대자라는 사실에는 이견이 없다. 현재 불어닥치고 있는 절대악 폭풍이 어느 정도인지도 안다.

겉으로 최대한 표현하지 않으려고 노력하기는 하지만, 그래도 그 역시 절대악을 존경한다. 인정하지 않더라도, 이 감정은 호감을 넘어서 경외에 가까운 감정이었다.

'아무리 그렇다고는 해도.'

설정상 수천 년 이상의 역사를 가진 제국이다. 그 제국의 1급 장군들이 어느 정도의 힘을 가지고 있을지는 미지수.

'아무리 절대악이어도 1급 장군을 원샷 원킬할 수는 없겠지.'

3충성의 판단으로도 3급까지는 원샷 원킬이 가능할 것 같다. 그러나 그 이상은 힘들 것 같다.

그는 그렇게 확신했다.

'올림푸스 시스템이 그렇게 허접할 리 없잖아?'

아무리 밸런스를 무너뜨렸다지만, 그렇게까지 했을라고. 3충성이 손가락을 놀렸다.

-나도 2급까지는 원샷 원킬 봄. 근데 1급부터는 다름. 2급과 1급 사이에는 넘사벽이 존재한다고 함.

곳간풍족자 열비람이 지지 않고 맞받아쳤다.

-2급과 1급 사이에 넘사벽이 아니라, 넘천벽 정도 있어도 의미 없음. NPC는 절대악 앞에 거의 벌레 수준의 힘밖에 없음.

거기서 세기의 대결이 펼쳐졌다. 곳간풍족자 열비람. 그는 한화로 무려 100억 원을 걸었다.

-내 말이 틀리다면, 아서 재단에 100억 원을 기부하겠음. 3충성. 너는 뭘 걸 거임?

3충성은 상대가 란돌 왕자라는 것을 다시 한번 상기했다. 한국어가 너무 자연스러워 잊고 있었다.

'현실이랑 갭이 너무 큰데.'

현실에서의 기품 넘치는 모습과 넷상에서의 모습은 달라도 너무 달랐다. 란돌이 공식 석상에서 자신의 정체를 밝히지 않았다면, 아무도 믿지 않았을 것이다.

'근데 100억이라고?'

100억 정도는 버려도 되는 돈이라는 건가.

'클라스 있네.'

3충성은 지지 않았다.

취기가 잔뜩 오른 3충성이 사람들 앞에서 공표했다.

-내가 지면 고통찔레꽃을 우린 물에서 1시간 동안 수영하고 놀겠음.

한 가지 조건을 덧붙였다.

-내가 이기면 내 이름으로 기부해 주는 걸로 하셈. 인정?

-ㅇㅈ

란돌 왕자의 대답은 짧았다.

그렇지만 임팩트는 묵직했다. 100억을 타인의 이름으로 기부하겠다니. 절대악이 모르는 사이, 무려 100억 원이 걸린 세기의 이벤트가 시작되었다.

열비람이 하나를 더 보탰다.

-절대악이 아니라 절대악의 꼬봉이 나와도 1급 장군까지 무리 없다고 봄.

많은 사람들이 이 대결을 흥미진진하게 바라봤다. 굳이 비율을 따지자면 열비람 쪽이 40, 3층성 쪽이 60이었다.

다만, 열비람이 마지막에 말한 '절대악의 꼬봉이 나와도 1급 장군까지 무리 없다고 봄'에는 많은 사람들이 동조하지 않았다.

-아무리 그래도 1급은 좀 아닌 것 같음.

-너무 간 것 같음.

-절대악도 아니고 절대악의 부하가 그렇다는 건 좀 현실성이 떨어짐.

아무리 그래도 1급 장군까지는 좀 너무 오버한 거 아닌가. 그러한 여론이 강세였다.

캡틴이 한주혁에게 귓말을 보냈다.

-어떻게 할까요?

캡틴이 보기에 절대악과 6급 장군이 한판 붙을 것 같다.

6급 장군 정도 되는 NPC와의 전투는 처음.

'카운트가 얼마나 남았는지는 모르겠지만.'

얼마 후 마나 폭탄이 터진다. 캡틴은 얼마간의 희생은 감수해야 한다고 생각하고 있는 중이다. 10만이라는 많은 인원을 아무런 희생도 없이 전부 구출할 수는 없다고, 내심 그렇게 판단하고 있는 와중이다.

'그것보다 6급 장군과의 전투가 더 위험할 수도 있어.'

저 정도 되는 NPC와의 전투. 주변에 당연히 피해가 가지 않겠는가. 뿐만 아니라 저 둘이 싸우게 되면 주변 마나가 반응하여 마나 폭탄이 더 빨리 터질 수도 있다.

한주혁이 귓말을 보냈다.

-이쪽에는 신경 안 쓰셔도 됩니다.

'이쪽은 신경 쓰지 말고, 그냥 너희 할 거나 해'라는 뜻이다.

캡틴은 기분 나쁘지 않았다. 오히려 더 좋았다. 명목상으로 구출대를 이끌고 있는 것은 자신이지만, 자신 위에 저런 리더가 있다는 것이 감사할 따름이었다.

-알겠습니다. 저희는 구출에만 전념하겠습니다.

체이코가 웃었다.

"뭔가 비밀스러운 얘기를 나눈 모양인데."

'금선'을 한 번 휘둘렀다. 그와 동시에 필드의 설정이 바뀌었다.

-귓말을 보낼 수 없습니다.
-육성을 제외한 모든 의사 전달 체계가 동결됩니다.

"개수작을 부려봐야 소용없어. 나 체이코는 네놈이 그러했듯, 영원한 사형을 선고하고 돌아가겠다."

옆을 힐끗 쳐다봤다.

"메이트. 네놈은 황실로 끌려가 모든 작위를 박탈당하고 옥살이를 하게 되겠지. 교수형에 처해져도 할 말 없다는 것. 알고 있겠지?"

그와 동시에 체이코가 부채를 한 번 더 휘둘렀다.

-플레이어에게 제약이 적용됩니다.
-플레이어의 물리 공격이 제한됩니다.
-플레이어의 물리 공격이 불가능합니다.

그리고 또 한 번 휘둘렀다.

-플레이어에게 제약이 적용됩니다.
-플레이어의 마법 공격이 제한됩니다.
-플레이어의 마법 공격이 불가능합니다.

바람이 일기 시작했다. 끈끈한 습기를 머금은, 끈적끈적한
바람이었다.

한주혁은 그 바람이 이곳의 수많은 플레이어들을 옭아매고
있다고 느꼈다.

'저 바람이…… 제약을 만드는 거구나.'

한주혁이 피식 웃었다.

"그 아이템. 꽤 좋네."

최소 레전드. 어쩌면 신급 이상의 등급에 해당할 것이다. 필
드의 설정을 바꾸는 아이템은 굉장히 귀한 아이템 아닌가.

"어느 정도인지. 한번 볼까?"

후-

한주혁이 입김을 불었다.

이것은 하나의 제스처에 불과했다. 절대자로 거듭난 지금,
그는 스킬이 아닌 의지로 올림푸스에 현상을 낳는다.

청량한 바람이 불어닥치기 시작했다. 색깔이 있었다면 그
바람의 색깔은 푸른색에 가까울 터.

한주혁이 불러일으킨 바람이 금선의 끈끈하고 축축한 바람
을 몰아내기 시작했다.

체이코가 여유롭게 웃었다.

"같잖구나."

금선을 여러 차례 휘둘렀다. 이전과는 비교할 수조차 없을

정도의 강풍이 불기 시작했다. 플레이어들 몇몇은 중심을 잃고 넘어졌다. 바람은 더욱 거세졌고, 몇몇은 그 강풍을 이기지 못하고 날아갔다.

캡틴이 외쳤다.

"모두 엎드립시다! 엎드린 채 포복으로 이동합니다."

10만에 달하는 플레이어들이 일제히 움직이기 시작했다. 톱 랭커로 이루어진 구출대가 그 역할을 톡톡히 했다.

그런데 그때 누군가가 모습을 드러냈다.

"주군. 제게도 기회를 주십시오."

오른손에 칼을 들고 있는 평범한 노인이었다. 그 노인의 이름은 룩소. 스카이데블의 제1장로였다.

"닭 잡는 데에 소 잡는 칼을 쓰실 필요는 없으시지 않습니까?"

한주혁이 씨익 웃었다.

"제1장로의 데뷔전이 되는 건가?"

이제는 에르페스와 모르골에 대놓고 보여줄 때가 됐다. 이쪽에도 유능한 NPC들이 존재한다는 것을. 암묵적인 인정이 아니라 아예 보여주는 것도 괜찮다.

'그동안 나는 사람들을 대피시키면 되겠네.'

뿐만 아니라 자신의 패를 사람들에게 더 확실하게 각인시킬 수 있는 장면이 될 수 있을 것이다.

한주혁이 말했다.

"이왕에 하려면 압도적인 힘으로 찍어 눌러라."

"명심하겠습니다. 주군."

열비람과 충성충성충성의 1차전. 그리고 제1장로 룩소와 6급 장군 체이코의 결투가 시작되었다.

그런데 룩소의 생각대로 모든 것이 이루어지지는 않았다. 룩소가 생각하지 못했던 변수가 튀어나왔다.

"오홍홍홍홍홍홍!"

하는 웃음소리와 함께 말이다.

4장
전멸

"오홍홍홍홍홍홍!"

커다란 웃음소리와 함께 모습을 드러낸 이는 체구가 굉장히 작았다. 겉모습만 보면 가히 초등학생이라고 해도 믿을 정도였다.

그녀의 몸이 공중에 떴다.

"주군 오라버니를 흠모하는, 제5장로 베르디! 등! 장!"

한주혁은 황당해서 베르디를 쳐다봤다.

'뭐 저렇게 거창하게 등장해?'

베르디가 바위산에 있다는 건 이미 알고 있었지만 이렇게 적극적으로 모습을 드러낼 줄은 몰랐다.

'아무 생각 없이 그런 건 아닐 테고.'

베르디가 천진난만해 보이고 바보 같을 때가 있지만, 절대 그렇지 않다는 것을 한주혁은 잘 알고 있다. 어려 보이고 순진무구한 겉모습과는 달리 베르디는 천재 중에서도 천재니까.

룩소도 어이없다는 듯 위를 올려다봤다.

'웃음에 마나를 담았어?'

서둘러 피난을 하고 있는 플레이어들조차도 고개를 돌려봤을 정도다. 웃음소리가 각자의 귀에 정확하게 꽂혔다는 얘기다.

베르디는 자신의 몸을 감싸고 있던 로브를 휙 집어 던졌다. 그러자 베르디의 주위로 오색찬란한 빛이 모여들었다.

베르디의 몸이 하얀색 빛으로 둘러싸였다. 베르디의 몸은 보이지 않고 얼굴만 보였다.

'아무리 좋게 봐줘도……'

어린 시절 세아가 즐겨보던 애니메이션 주인공 같은 모양새다. 이를테면 변신하는 마법 소녀를 주인공으로 한 그런 만화영화 말이다.

'왜?'

왜 군이 저렇게 요란하게 모습을 드러낸 건지 모르겠다.

'재미있는 건 6급 장군이 아무것도 하지 않고 가만히 있다는 거지.'

심지어 말도 안 하고 있다.

'내가 구속한 건 아니고.'

그렇다는 말은 다른 이가 구속했다는 얘기다. 룩소도 아니다. 그렇다면 구속 결계를 펼치고 있는 이는 베르디가 틀림없다.

한주혁은 피식 웃고 말았다.

'저게 마법 주문 같은 거야?'

지금 저 요란한 등장이 마법을 사용하는 데에 필요한 의식 같은 건가 보다. 한주혁은 그렇게 이해하기로 했다. 뭐가 어찌 됐든 효과는 탁월하지 않은가.

베르디가 낭랑한 목소리로 크게 말하기 시작했다.

"감히 주군 오라버니께 그 이빨을 드러낸 죄."

그녀의 눈빛에는 오만함이 가득 들어차 있었다. 베르디나 6급 장군 체이코와 전혀 상관없는 제삼자가 보더라도 충분히 재수 없다고 느낄 만큼의 오만함이 그녀의 눈동자를 물들이고 있었다.

"그래서 내 존경과 사랑과 흠모를 모욕한 죄!"

베르디의 몸은 여전히 하얀색 빛으로 감춰진 상태. 그 상태 그대로 베르디는 화살을 쏘는 듯한 제스처를 취했다.

"나 제5장로 베르디가 용서하지 않겠다."

베르디의 몸을 감싸고 있는 하얀빛과 대비되는, 검은색 활이 생겨났다.

검은색 화살이 6급 장군 체이코를 향해 넘실넘실 날아갔다. 말 그대로 넘실넘실. 천천히 날아갔다. 화살 끝에는 날카로운 화살촉 대신에 검은색 마나로 이루어진 하트가 새겨져 있었다.

한주혁은 황당했다.

'뭐냐, 저게?'

상대를 구속시켜 놓고 이상한 큐피드의 화살 같은 화살을 쏘아냈다.

'근데 왜…….'

저기에 가공할 만한 파괴력이 느껴지는지 모르겠다. 룩소를 보니 룩소도 황당하기는 매한가지인 것 같았다.

하늘 위에서 베르디가 손으로 입을 가리고 웃었다.

"오홍홍홍홍홍!"

화살은 여전히 넘실넘실 나는 중.

"1장로 할아버지처럼 너무 센 사람이 나가면 재미가 없사와요."

룩소는 무표정을 유지한 상태로 화살에 집중했다. 현재 구속 결계가 펼쳐져 있어서 체이코는 움직이지 못하는 상태지만, 그래도 만에 하나 체이코가 저 화살을 쳐낸다면?

'최소 수천 명의 플레이어가 죽는다.'

주군께서는 그것을 원하시지 않으실 거다. 룩소는 만에 하나의 사태에 대비하기로 했다.

"저런 올챙이를 상대하는 데 제1장로라니. 닭 잡는 데 용 잡는 칼을 쓰는 격이랍니다."

그녀의 몸을 감싸고 있던 하얀빛이 사라졌다. 이해할 수 없게도 베르디는 세일러복을 입고 있었다. 참고로 세일러복은 올림푸스 세계에 존재하지 않는 복장이며, 기존 아이템이라고

보기에도 어렵다. 베르디가 직접 만들어낸 아이템일 확률이
매우 높았다.

베르디의 마법. 검은색 하트가 달린 화살이 6급 장군 체이
코의 가슴에 닿았다.

퐁!

소리가 났다.

올림푸스 매니아에서는 한바탕 난리가 났다.

-저 여자애 정체가 뭐임?
-제5장로라고 했음.

그리고 그 5장로가 1장로를 가리켜 '당신은 너무 세요'라고
말했다. 그렇다면 1장로가 5장로보다 더 세다는 얘기 아니겠
는가.

-헐. 겉으로 보기에는 완전 어려 보이는데?

아무리 잘 쳐줘도 중학생. 그냥 보기에는 초등학생.

-미친. 개 귀엽다.

-크면 장난 아닐 듯.

엄청나게 귀여운 외모를 가지고 있는 NPC.

-저건 세일러복?

-아. 진짜 너무 귀여운 거 아니냐?

세상에 존재하는 수많은 자칭 혹은 타칭 오타쿠들의 마음을 뒤흔드는, 치명적인 귀여움을 소유한 NPC였다. 그런데 그 NPC의 능력이 상상을 초월했다.

-뿅…… 소리가 난 거 맞지?

사람들은 상황을 믿기 힘들었다. 뿅 소리가 난 건 확실했다. 그런데 그 검은색 화살이 6급 장군 체이코를 잡아먹었다. 가슴에 닿는 순간, 그 화살은 마치 블랙홀이라도 된 것처럼 체이코를 빨아들였다.

-6급 장군이라 안 했나?

-진짜 6급 장군 맞음?

-맞지. 쟤 봐. 7급 장군 메이트의 표정을 보라고.

마침 손석기의 드론이 7급 장군 메이트의 표정을 클로즈업
해서 잡아냈다.

-진짜인 거 같은데.
-침 넘기는 거 봐라. 이건 진짜다.

베르디가 자신의 머리카락을 귀 뒤로 쓸어 넘기며 말했다.
"응.징.완.료."
자신의 검지손가락을 펴고서 거기에 후- 하고 입김을 불었다.
"한 방도 안 되는 게 까불고 있어."
그러고는 갑자기 워프로 이동했다.
한주혁 바로 앞까지 워프로 이동한 베르디는 한주혁에게 자
신의 머리를 내밀었다. 마치 쓰다듬어 달라는 듯 말이다.
"주군. 제가 처리했사와요. 약한 주제에 까부는 것이 아주
꼴불견이었사와요."
"어…… 음. 그래."
베르디의 컨셉이 아주 약간, 미묘하게 뭔가 바뀐 것 같기는
한데 나쁘지는 않았다.
한주혁은 이 상황이 어떤 상황인지 알아차렸다.
'원래 내가 아닌……. 내 부하가 압도적인 실력 차를 전 세계
에 보여주려 했었다.'

그런데 그 부하도 아니고, 그 부하의 부하라고 짐작되는(사람들은 그렇게 이해했을 것이다. 베르디가 그렇게 표현했으니까) 제5장로가 아주 쉽게 6급 장군을 처리해 버렸다.

'겉으로 보기에는 엄청 쉬워 보였어.'

하지만 결코 그렇지 않다. 베르디도 만반의 준비를 한 거다. 방금은 룩소가 탱커의 역할이었고, 베르디가 딜러의 역할이었다.

든든한 탱커인 룩소가 어그로를 끌 때, 베르디는 바위산에서부터 마나를 끌어올려 최적의 준비를 마친 뒤 강력한 한 방 마법으로 공격했다.

'엄청 쉬워 보이는 마법으로 단 한 방.'

6급 장군 체이코는 뭔가를 하기도 전에 사망해 버렸다. 허무한 죽음이 아닐 수 없었다. 그야말로 압도적인 실력 차로 보였다. 베르디는 그 압도적인 실력 차를 선보이며 일부러 과장된 행동과 말로, '이렇게 약한 주제에'를 강조했다.

'그렇게 되면……'

제5장로 베르디보다 더욱 강하다고 짐작되는 제1장로 룩소의 힘은 어느 정도란 말인가.

'오해하기 딱 좋네.'

1장로와 5장로. 그렇다면 2장로와 3장로. 그리고 4장로도 있다는 얘기가 된다. 한주혁 밑에 그만큼 강력한 부하들이 존재한다는 것을 말 몇 마디로 임팩트 있게 전달했다.

베르디가 굳이 한마디를 덧붙였다.

"저런 허접은 9장로가 와도 한 방 컷일 것 같사와요."

당연한 말이지만 그 말도 전파를 탔다. 다시 말하자면 장로가 최소 9명은 존재한다는 얘기가 된다.

그 사이 꼬꼬가 6급 장군 체이코의 잿더미를 콕콕 찔러댔다. 예전과 같은 식탐은 많이 없어졌지만 그래도 꼬꼬는 자신의 생존 방법을 잘 안다. 주인에게 이쁨받는 법도 안다.

나와라. 먹을 것!

콕. 콕. 콕. 콕.

뽕 소리와 함께 죽은 체이코는 콕콕 소리로 능욕당했고, 그 모습을 7급 장군 메이트가 아무 말도 없이 지켜봤다.

'플레이어들은 도대체 무슨 괴물을 만들어낸 거냐……'

저 NPC들은 또 뭐란 말인가. 에르페스가 경계하는 스카이데블의 후손들이 맞단 말인가. 그런데 그 후손이 왜 저 플레이어들을 따르고 있단 말인가.

'마나 폭탄은 언제 터지는 거냐.'

차라리 여기서 같이 죽는 게 나을 것 같다. 그런데 마나 폭탄이 터질 생각을 하지 않았다.

베르디가 말했다.

"주군. 마나 폭탄이 터지는 것 자체는 막을 수 없었지만 소녀가 그 시간을 많이 많이 늘려놓았답니다."

헤헤- 하고 반달 모양의 눈웃음을 짓는 베르디는 수많은 사람들로 하여금 아빠 미소를 짓게 만들었다.

"잘했어."

베르디가 저렇게 말할 정도면, 꽤 여유 시간이 있다는 소리다. 한주혁 역시 구출대에 합류했다.

캡틴이 지휘권을 한주혁에게 넘겼다. 한주혁도 바쁘게 움직였다.

그사이 베르디는 한주혁을 힐끗 쳐다보더니 꼬꼬 앞으로 걸어갔다.

하늘의 제왕이자, 한때 절대자인 한주혁에게도 이빨을 드러냈던 꼬꼬지만 베르디의 눈도 제대로 마주치지 못했다.

키엑!

저 여자는 미친 여자다!

꼬꼬는 본능적으로 그것을 알았고 두 걸음 뒤로 물러섰다. 꼬꼬의 부리에는 6급 장군 체이코로부터 뽑아낸 아이템 하나가 물려 있었다.

베르디가 히죽 웃었다. 히죽 웃으면서 아주 작게 말했다.

"이 븅신이 어디서 감히 오라버니께 개겼을까?"

6급 장군 메이트의 잿더미를 발로 지그시 밟아 눌렀다. 잿더미가 불타올랐다.

메이트를 향해서도 스산한 목소리로 중얼거렸다.

"오라버니께서 살려두셨으니 살려는 둘게. 오라버니가 아니었다면 넌 여기서 온몸이 산산조각 났을 거야. 알겠니?"

그러고서 몸을 돌려 한주혁을 향해 총총 뛰어갔다.

"주군 오라버니! 저도 워프를 돕겠사와요! 베르디는 착한 장로여요!"

제6장로. 제타는 '하늘로 흐르는 강'을 계속해서 탐사했다.

일단 최근 보고는 이렇게 올렸다.

-예. 그렇습니다. 이후 상세한 보고서를 올리겠으나 결론만 말씀드리자면 하늘로 흐르는 강에 흐르는 물의 근원지를 찾아냈습니다. 근원지에는 강력한 에너지가 꿈틀거리고 있으며 더 이상 접근하기 힘들다고 합니다.

물의 근원지를 찾았고, 근원에 강력한 에너지가 꿈틀거리고 있다는 사실은 알았다.

'그곳으로 접근하는 길이……'

근원이라 짐작되는 곳은 지하에 위치했다.

하늘로 흐르는 강 필드 아래에는 거대한 지하 공동이 있다. 거대한 동굴이라고 해도 되는데, 그 동굴의 깊이가 무려 500미터에 달했다. 그리고 그 500미터 아래에 또 커다란 구멍이 존재했다. 그 구멍이 바로 제타가 표현하는 '근원'이다.

500미터 위. 하늘로 흐르는 강 필드에서 제타는 반쯤 무릎을 꿇고서 망원경으로 아래를 쳐다봤다. 베르디가 만들어준

특제 망원경이다.

'결국 여기까지 찾아냈다! 나는 아무래도 대단한 공을 세우고 있는 것 같구나!'

밑이 보이지 않는 거대한 구멍이 보였다. 그 깊이가 어느 정도일지. 제타는 알 수 없었다. 깊이를 알아보기 위해 밧줄과 추를 사용해 봤지만 불가능했다. 하마터면 밧줄에 딸려 내려갈 뻔했다.

'어후. 그때는 죽을 뻔했지.'

이마에 흐르는 땀을 닦아냈다. 그때는 진짜 죽을 뻔했다.

"도대체 뭐가 있는 거냐?"

이 거대한 구멍 아래. 뭐가 있을까. 왜 하필이면 이곳 '하늘로 흐르는 강'에 있는 것일까. 저만치 아래에서는 어떻게 이렇게 강력한 에너지가 느껴지는 것일까.

'주군께서는 언제 오시지?'

그때, 제타는 무언가 이상함을 느꼈다.

"엥?"

방금 뭔가가 이상했는데. 저 엄청난 에너지의 파동이 아주 잠깐 흔들린 것 같은 착각이 들었는데.

"아닌가?"

끝을 알 수 없는 저 구멍은 아까와 같았다. 강렬한 에너지를 뿜는 것도 변함없었다.

"내가 뭐 어디 아픈가?"

새끼손가락으로 귓구멍을 팠다. 그러고서 아무 생각 없이 후- 불었다. 먼지 같은 귀지가 지하 공동으로 빨려 내려갔다.

"착각이겠지. 하루 죙일 구멍만 바라보고 있으니 머리가 다 아프네."

잠시 휴식을 좀 취하기로 했다.

우연의 일치인지는 알 수 없으나, 같은 시각. 또 다른 필드에서 한바탕 난리가 났다.

한주혁의 믿음직한 참모. 시르티안이 믿을 수 없다는 듯 자리에서 벌떡 일어섰다.

"이 보고가…… 진정 사실인가?"

그의 손이 바들바들 떨리고 있었다.

한주혁은 인상을 찡그렸다. 이미 에르페스와 모르골을 잇는 통신 라인을 구축해 놓은(현실과 올림푸스를 오가는) 한주혁이다. 에르페스의 상황을 거의 실시간에 가깝게 전해 들을 수 있었다.

'아서 광산에 변고라.'

광산에 변고가 일어났다.

'가디언즈 미니언들이 전멸.'

더 정확히 말하자면 어떤 몬스터에게 전부 잡아먹혔단다. 고대 유물이라 할 수 있는 가디언즈 미니언들. '미니! 미니! 미니!'를 외쳐대며, 다소 얕잡아 보기 쉬운 외모의 미니언이지만 그 힘 자체는 결코 약하지 않은 개체들. 광산의 충실한 일꾼의 역할도 하고 있는 그 개체들이 모두 사라졌단다.

갑자기 나타난 몬스터에 의해서 말이다.

'슬라임 형태.'

이름을 알 수 없단다. 설명창이 뜨지 않는 미지의 몬스터. 전체적으로 젤리 같은 형태의 몬스터인데 보이는 모든 것들을 집어 삼키고 있단다. 크기는 약 3미터 정도.

한주혁이 모르골 쪽으로 파견 나온 강재명에게 귓말을 보냈다.

-실장님. 특이점은 없었습니까? 히든 피스를 찾았다든가.

-그런 건 아닌 것 같습니다. 갑자기 나타났습니다.

아서 광산에 갑자기 나타난 몬스터. 그것도 가디언즈 미니언들을 모두 집어삼킬 수 있을 정도의 위력을 가진 몬스터.

'이유 없이?'

이유 없이 갑자기 나타났다? 광산에? 납득하기 어렵다.

'히든 피스를 클리어한 것도 아니고. 새로운 지하를 발견한 것도 아니고.'

그런 것도 아닌데 그토록 강력한 몬스터가 나타났다니.

강재명에게 또 연락이 왔다.

-그 사실을 어떻게 안 것인지는 모르겠으나 수많은 플레이어들이 아서 광산에 몰리기 시작했습니다.

다시 말하자면 아서 광산에 묻혀 있는 몬스터 스톤들을 마구잡이로 파내기 위한 것 같다. 현재 그곳을 지키던 가디언즈 미니언들이 사라졌으니까.

-입구를 지키던 분들은요?

-PK를 당해 죽었습니다.

가디언즈 미니언들이 없는 지금을 틈타, 아서 광산의 몬스터 스톤을 채굴하려고 몰려든 사람들이 엄청나게 많단다.

-정확히는 알 수 없으나 개중 또 몇몇이 그 슬라임을 만나 잡아먹힌 것 같습니다.

-흠.

한주혁은 크게 당황하지는 않았다. 아서 광산이 큰 수입원인 것은 맞지만 그게 한주혁의 전부는 아니니까. 한주혁에게는 일부니까. 그 사실로 크게 동요하지는 않았다.

-그런데 문제는 플레이어들의 실종입니다.

-또 실종입니까?

NPC들이 처음 만들어낸 그 '실종 상태'가 몬스터에게도 적용이 되어 있는 것 같다.

'처음에는 델리트만 경계하면 됐는데.'

시간이 흐르면 흐를수록 오히려 델리트만 당하면 다행이라는 인식이 퍼지고 있다.

델리트를 당하면 캐릭터만 삭제될 뿐이다. 현실의 몸에는 아무런 이상도 없다. 그렇지만 실종은 다르다. 실종 상태에 처하면 현실로 돌아올 수 없다. 그 상태에서 캐릭터가 죽으면 현실의 몸도 죽는다.

'개나 소나 실종이야.'

난데없이 나타난 몬스터에게 텔리트도 아니고 실종 능력이 있다?

-태르민과 연관이 있을까요?

-현재 시르티안 장로가 열심히 알아보고는 있습니다만 확실하지 않습니다.

태르민은 지금 모르골 쪽을 신경 쓰느라 여념이 없을 텐데. 그사이 아서 광산까지 가서 수작을 부려놓았다는 것은 좀 이상하다.

-프루나로 돌아와 휴식을 취하던 제6장로가 아서 광산으로 향했습니다만…….

제6장로 제타. '하늘로 흐르는 강'을 조사하던 그가 잠시 짬을 내 아서 광산으로 갔단다. 그런데 또 의외의 보고가 이어졌다.

-슬라임을 격퇴하지 못하고 도망쳤다고 합니다.

-제6장로가요?

한주혁은 문득 이상함을 느꼈다.

'또?'

장로쯤 되는 최상위급 NPC가 상대하지 못하고 도망치는 몬스터. 한주혁의 상식선에서는 없다.

제아무리 블랙 등급이라고 해도, 혹은 마계의 그 어떤 몬스터라고 해도.

'내가 아는 장로들의 능력이라면…….'

몬스터 한 마리를 감당하지 못하고 도망칠 리 없다.

-공격 자체를 모두 흡수해 버린다고 합니다.

-그렇군요.

한번 가보기는 가봐야 할 것 같다.

-제가 조만간 가겠습니다. 일단 아서 광산은 폐쇄하고, 출입을 금하도록 합니다.

-알겠습니다. 억지로 침입하는 플레이어들은 어떻게 할까요?

아서 광산은 꽤 넓다. 그 안에서 슬라임을 만날 확률은 그렇게 높지 않다. 슬라임의 위협은 여전히 존재하지만, 수많은 사람들이 아서 광산 안에서 몬스터 스톤을 채굴하기를 원하고 있다.

-3번까지 경고하세요.

-경고 후에는 어떻게 할까요?

'사살합니까?'라고 물어보려던 강재명에게 귓말이 들려왔다.

-알아서 하라고 하세요. 단, 우리는 그 어떠한 책임도 지지 않습니다.

아서 광산의 이변은 금세 전 세계에 알려졌다. 굉장히 위험한 몬스터가 나타났고, 아서 광산의 가디언즈 미니언들을 전부 죽였단다. 그 몬스터는 슬라임 형태의 몬스터.

-그런데 나는 거기서 벌써 3,000만 원 정도 벌었음.

-나도 2,000 벌음.

-거기서 1,000은 돈도 아니던데.

말하자면 몬스터 스톤이 퐁퐁 솟아 나오는 곳이다.

-며칠만 뛰면 몇억은 벌 수 있을 거 같음.

-운만 좋으면 레드 등급쯤 되는 스톤도 얻을 수 있을 거 같음.

그야말로 로또 아닌가.

-아서 광산이 얼마나 넓은데. 거기서 슬라임을 만나겠음?

올림푸스 매니아에는 새로운 정보들이 속속 공유되었다.

-가만히만 있으면 안 잡아먹는다고 함. 단 아무런 소리도 내면 안 됨.

몇몇 플레이어들이 영상을 공유하기도 했다. 영상 속, 보라색을 띠는 슬라임이 플레이어들 앞을 기어 다니다가 사라졌다. 또 어떤 영상 속에서는 주황색을 띠는 슬라임이 보이기도 했다.

-이 정도면 해볼 만함.

-진짜 아무 소리도 내면 안 됨. 소리 내면 잡아먹힘.

잡아먹히면 '실종' 상태에 처할 확률이 있지만, 가만히 있으면 괜찮단다. 속속들이 인증 샷들이 올라오기 시작했고 발 빠르게 움직인 어떤 이는 벌써 5,000만 원 이상을 벌었다고 넷상에서 자랑했다.

-근데 절대악은 왜 가만히 있음?

따지고 보면 아서 광산의 소유주는 절대악이다. 그 절대악이 어째서 플레이어들을 가만히 내버려 두고 있을까? 사람들이 그 정도의 수익을 올리고 있다는 것은 곧, 절대악이 그만큼의 손해를 감수하고 있다는 얘기 아닌가.

한주혁은 씩씩대는 한세아를 보며 피식 웃었다.

"그런 푼돈에 연연해서 뭐 하게?"

"푼돈이라니! 그게 다 얼만데! 그거 원래 다 오빠 거라고!"

"그거에 신경 쓸 시간에 다른 거 신경 쓰는 게 이득이야."

"아니. 그래도 그렇지. 그게 수천억은 될 텐데!"

한주혁이 한세아 옆에 앉은, 친동생에 비하면 훨씬 더 아름답고 사랑스러운 여자 친구 천세송을 쳐다보며 물었다.

"세송이 너도 그렇게 생각해?"

"……."

천세송은 잠시 아무런 말도 하지 않다가 이내 말했다.

"오빠한테 특별한 생각이 있을 거라 믿어."

어찌 됐든 천세송도, 아서 광산을 그냥 풀어둔 것이 좋지만은 않은 모양이었다.

'그 돈이나 몬스터 스톤이 중요하다기보다는……'

단순히 그런 1차원적인 문제는 아니었다.

'우리 오빠 거를 사람들이 훔쳐가는 거 같은 그 느낌이 싫기는 해.'

오빠에게 푼돈이라면 푼돈이다. 그런데 아무리 푼돈이라도, 심지어 오빠의 구멍 난 양말이라도. 생판 모르는 남들이 오빠 것을 훔쳐가는 것은 싫다. 다만 오빠가 가만히 있으니까 그런가 보다 하고 있을 뿐.

"몬스터에게 실종 능력이 부여되었어. 자연적으로 생성된 몬스터들 중에는 처음이거든."

NPC들과 전쟁을 하고 있는 이 시점에. 갑자기 나타났다. 하필이면 아서(한주혁)가 주인인 아서 광산에. 우연치고는 좀 교묘하다.

"슬라임에 대한 내용이 또 너무 빨리 퍼졌어."

마치 누군가 의도를 가지고 조직적으로 퍼뜨리기라도 한 것처럼. 아무리 발 없는 말이 천 리를 간다지만, 이건 너무 빨랐다.

"플레이어들을 아서 광산으로 끌어모으기 위한 것처럼 말이야."

한세아의 표정이 조금 어두워졌다.

"태르민이랑 관련이 있는 거라면, 그 플레이어들 진짜 위험한 거 아냐?"

"그래서 거기 장로들이 파견되어 있어."

"엥? 장로들?"

"어. 2장로랑 3장로."

천세송은 2장로와 3장로가 누군지 잘 안다. 에르페스의 2대 살수 단체를 이끌고 있는 수장들 아닌가.

"슬라임이 미쳤다고 먹이들을 그냥 두고 지나치겠어?"

그게 아니다. 슬라임은 지금 장로들을 경계하고 있는 거다. 플레이어들을 잡아먹는 그 순간에 기습당할 것을 경계하며 기다리고 있는 중.

"태르민이 미끼를 푼 것이 맞다면, 그 흔적이 어딘가에 남아 있겠지."

결국 제국의 끝에는 태르민이 있을 거다. 7급 장군이고, 6급 장군이고 아무리 때려 잡아봐야 태르민의 본체를 잡기는 힘들다. 그렇다면 그 장단에 어울려주는 것도 괜찮겠지.

한주혁의 눈빛이 가라앉았다.

'만약 약간의 희생이 발생한다고는 해도.'

슬라임이 만약 어떤 플레이어들을 잡아먹는다고 해도 그건 한주혁이 어떻게 할 수 있는 문제는 아니었다. 한주혁은 이상론자가 아니었으니까. 아무런 희생 없이, 모든 일들이 스무스

하고 행복하게만 흘러간다면 좋겠지만 그것이 불가능하다는 것을 안다. 애초에 상대는 두 제국을 배후에서 다스리는 대공이니까.

천세송은 한주혁의 마음을 읽었다.

'세 번이나 경고했음에도 불구하고, 연일 금지를 말하고 있는 곳이야. 그럼에도 불구하고 오빠의 사유지에 들어가서 몬스터 스톤을 훔치려는 사람들이야.'

천세송은 그러한 사람들에게 딱히 동정심을 품지 않았다. 냉정해져야만 할 때에는, 한주혁보다 더 냉정해질 자신이 있는 천세송이다.

'아무 사고 없었으면 좋겠지만……. 사고가 난다면.'

그러한 때를 대비해서 미리 머릿속으로 시나리오들을 그렸다. 절대악의 안주인으로서 어떻게 행동해야 할지, 어떤 식으로 움직여야 할지 몇 가지 플랜을 미리 생각해 놨다.

한편, 모르골 제국의 6급 장군들이 일제히 한 가지 사실을 선포했다.

-대 플레이어 척살령 선포.

6급 장군들이 뜻을 모아 발표했다. 모든 플레이어를 눈에 보이는 대로 죽이라는 명령이었다. 6급 이하의 모든 NPC들이 그 말을 들어야만 하는 의무가 있었다.

모르골 제국에 한바탕 파란이 일었다.

-NPC들의 거래 거부.
-플레이어 사망자 속출.

전쟁과 관련이 없던 일반 NPC들도 이제는 플레이어들을 배척하기 시작했다. 물약이라도 하나 잘못 팔았다가는 저희들도 잡혀갈 테니까. 플레이어와 NPC들 간의 거래가 완전히 끊겼다. 대부분의 안전지대가 NPC들의 소유다. 플레이어들은 안전지대 밖으로 쫓겨나야만 했다.

-흑흑 연합. '라망투'에서 고군분투.

모르골 제국 곳곳에서 전쟁이 벌어졌다. NPC들이 플레이어들이 소유한 성을 상대로 하여 영지전을 벌였고, 플레이어들의 입지는 점점 줄어들었다.

NPC들의 성을 무너뜨릴 수 있는 플레이어는 절대악이 유일했는데, 플레이어의 성을 무너뜨릴 수 있는 NPC는 너무 많았다.

한주혁이 인상을 찡그렸다.

"아. 센티니아에도 가봐야 하는데."

할 게 많은데. 벌써부터 여론이 요동치고 있다. 6급 장군들의 척살령 선포 이후로 분위기가 급속도로 변하고 있다. 모든

NPC들이 전쟁에 적극적으로 개입하고 있다.

'하늘로 흐르는 강도 가야 하고. 아서 광산도 가야 하고.'

할 게 많은데 모르골이 귀찮게 한다.

한주혁이 말했다.

"칸트. 모든 것을 지원해 줄 테니 마음대로 해봐."

"그 명령만을 기다리고 있었습니다. 장로들을 지원해 주실 수 있으십니까?"

"물론."

에르페스의 젊은 영웅 칸트. 아무런 힘도 없이 일어서서, 에르페스 황실을 위협하는 하나의 세력을 형성했던 칸트가 한주혁의 명령을 받아들였다. 칸트가 더욱 적극적으로 움직이기 시작했다.

그런데 그때 한주혁은 아이템 하나를 얻을 수 있었다. 꼬꼬의 배 속에 있던 아이템이었다. 소화되지 않고 역류했다. 그것을 베르디가 발견해서 가져왔다.

베르디가 몸을 배배꼬면서 말했다.

"소녀. 칭찬해 주시와요. 칭찬을 기다린답니다."

베르디는 자신이 칭찬받을 수 있다고 확신하는 것 같았다. 이미 머리를 내밀 준비를 끝마쳤다.

한주혁이 그 아이템을 받아 들었다.

그의 눈이 커졌다.

'이런 게 있었어?'

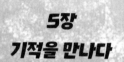

**5장
기적을 만나다**

'이런 게 있었어?'

한주혁은 머리를 내밀고 있는 베르디에게 신경을 쓰지 못한 채 아이템에 신경을 쏟았다. 그 아이템은 소모성 아이템이었고 지도의 형태를 띠고 있었다.

<황궁 지하 통로>

모르골 제국의 황궁은 복잡한 구조로 이루어져 있습니다. 그중에서도 왕족이 탈출할 수 있는 최후의 미로들을 몇 가지 마련해 놓았는데 그중 하나가 바로 지하 통로입니다. 지하 통로는 몇몇 조건들이 만족되었을 때 비로소 열리게 되며, 황족이 아닌 자가 그곳을 지나치려면 큰 피해를 감수해야만 할 것입니다.

등급: 하

+상세설명

한주혁은 설명을 몇 번 곱씹어봤다.

'지하 통로.'

지하 통로는 황족이 외부로 탈출하기 위한 미로다.

'그 말은 곧 밖에서도 안으로 침투할 수 있다는 얘기인데……'

또 모른다. 안에서는 밖으로 이동할 수 있어도, 밖에서는 안으로 이동할 수 없는 특수한 구조일 수도.

'등급은 하.'

등급 하가 있다는 얘기는 중도 있고 상도 있다는 얘기 아니겠는가.

'이건 6급 장군 체이코에게서 나온 물건.'

6급 장군에게 하 등급의 물건이 드랍되었다.

한주혁은 상세설명까지 열어보았다.

<상세설명>

본 아이템은 히든 퀘스트 전용 아이템입니다. 비록 '하'에 해당하는 등급의 퀘스트 아이템이지만 그 가치는 실로 무궁무진하다 할 수 있을 것입니다. 본 아이템은 황성으로 가는 길을 열 수 있기 때문입니다. '황궁 지하 통로' 활성화 시 히든 퀘스트가 부여됩니다. 단, 히든 퀘스트 활성화에 몇 가지 조건이 필요합니다.

    1) 시스템상 정통성을 인정받은 왕국(혹은 제국)의 옥새.

    2) 군주 이상의 칭호.

    3) 시스템상 '메인' 이상급으로 인정받은 퀘스트 수행자.

    4) 최소 하나 이상의 스탯이 500 이상으로 인정받은 자.

    5) 듀판의 지문.

일단 이 아이템은 '황궁으로 향하는 길'을 여는 아이템들 중에는 '하'에 속하는 아이템이다.

그러나 애초에 황궁으로 향하는 길을 열 수 있다는 것 자체가 어마어마한 거다. 황궁 측에서 최고 기밀로 관리하는 것일 테니까.

'활성화 조건이 엄청 까다롭네.'

이 퀘스트를 활성화시키는 것만 해도 일반적인 기준에서는 굉장히 어려운 수준. 클리어하는 건 더더욱 힘들 것이라 예상되었다.

'1번부터 4번은 이미 다 했고.'

이미 에르페스의 옥새를 가지고 있다. 대군주의 칭호를 가지고 있으며 에르페스 메인 퀘스트인 '보복 전쟁의 서막'을 진행 중이다. 그리고 한주혁의 스탯은 모두 'MAX' 상태. 인간의 종족값을 가진 MAX도 아니다. 성족과 마족의 정수를 흡수한 상태.

'내가 데미안보다 강한 건지는 모르겠지만.'

어쨌든 인간의 종족값은 훨씬 초월했다.

'스탯도 만족했고.'

딱 하나.

저게 걸린다. 듀판의 지문.

'듀판.'

들어본 적 있는 것 같다. 별로 중요한 정보가 아니라 생각하지 않고 있었는데 떠올리려 마음먹자 금방 떠올랐다.

'요새에서 대기하던 오성 장군 중 한 명이었던 것 같은데.'

맞는 것 같다.

10만의 인질이 있던 그 자리. 요새 안에는 세 명의 오성 장군이 대기하고 있었다. 한주혁은 거기서 죽으라고 명령했고, 그 진언에 따라 오성 장군 셋이 한자리에서 사망했다. 7급 장군 메이트는 그 사실에 거의 기절 직전까지 갔었고.

'맞아. 그들 중 한 명이었어.'

너무 쉽게 죽였다 했다.

'아이씨.'

한주혁이 빠르게 말했다.

"베르디. 그때 거기 폭발했어?"

한주혁이 대충 '그때 거기'라고 표현했지만 베르디는 찰떡같이 알아들었다. '아직 쓰담쓰담을 받지 못했사와요!'라고 투정

부리려 했지만 그러지 않았다. 한주혁이 급하다는 것을 알아차렸기 때문이다.

"아직이어요. 제가 마나를 동결시켜 놓기는 했는데…… 조만간 폭발할 것이어요."

"남은 시간은?"

"저도 확신할 수 없답니다. 길어도 10분을 넘지는 못할 것이어요."

진작에 폭발했어야 한다. 그런데 아직 폭발하지 않았다. 베르디의 능력이 그만큼 출중하다는 뜻이기도 했다.

"나는 그곳으로 간다."

한주혁이 그 자리에서 즉시 이주랑을 호출했다. '권능의 귓말'을 통해 부름받은 이주랑은 한주혁의 말에 곧바로 워프를 사용했다. 베르디가 말렸지만 소용없었다.

"주군. 그곳의 마나 폭발을 제가 억지로 한참 억눌러 놓았어요. 이미 눌릴 대로 눌려 있는 곳이어요. 원래의 폭발이 그냥 폭발이었다면, 이번에는 대폭발이 일어날 것이어요. 필드 자체가 완전히 소멸되어 버릴…… 주군!"

베르디는 발을 동동 굴렀다.

'아이 정말.'

왜 갑자기 그곳으로 향하겠다고 하신 건지 모르겠다. 베르디는 '황궁 지하 통로'의 상세설명을 열어보지 못했으니까. 애초에 '대군주'의 자격을 갖춘 이라야만 열람할 수 있는 등급의 아이템이었고 베르디는 그 내용까지는 확인하지 못했다.

'아무리 주군이셔도⋯⋯.'

필드 자체가 소멸할 수 있을 정도의 마나 폭발이 일어날 거다. 그 엄청난 폭발을 주군이 견뎌낼 수는 있더라도, 필드가 못 견딘다면?

'필드가 소멸되거나 시공간이 뒤틀리면⋯⋯.'

아무리 강력한 힘을 가졌어도 시공간의 왜곡 사이에 빠지게 되면 그 누구도 탈출할 수 없다. 일단 이론상으로는 그렇다.

'가진바 힘과는 상관없이 영원한 시공의 미아가 될 거야.'

그런 일은 없어야 했다. 하지만 지금 어떻게 한단 말인가. 한주혁은 이미 워프 마스터와 함께 이동했고, 물은 이미 엎질러졌다.

"내가 도와야겠어!"

워프 마스터의 워프만큼은 아니지만, 베르디도 워프에는 자신 있다. 당장에라도 달려가 마나 폭발을 조금이라도 더 늦춰야겠다고 마음먹었다. 마나를 끌어 올렸다.

"⋯⋯아."

하지만 이내 고개를 저었다.

"아냐."

괜히 갔다가 방해만 될 것 같다. 어차피 마나 대폭발은 예정되어 있다. 그것을 더 이상 막을 수는 없다.

"내가 가면 오라버니는 나까지 신경 써야 해."

베르디에게 있어서 한주혁은 그 누구보다도 따뜻한 사람이다. 머리 쓰다듬어 줄 때에는 주군이 그렇게 따뜻할 수가 없다. 적어도 베르디에게는 그랬다.

"오라버니는 따뜻한 분이시니까!"

그러고서 주먹을 불끈 쥐었다.

"나는 말이야."

그녀의 눈에 살기가 가득 실렸다. 한주혁은 단 한 번도 보지 못한 눈빛이었다.

"그 마나 폭탄인지 뭔지를 설계한 새끼를 잡아 죽여야겠어."

베르디는 베르디 나름대로 움직이기 시작했다. 요르한의 정보에 따르면 마나 폭탄 필드는 4급 장군 '메이커'라는 놈이 설계했단다. 6급 장군인 메이트의 친형이라나 뭐라나.

베르디가 워프했다.

"너는 뒤졌다."

꼬꼬는 본능적인 거부감을 느꼈다.

키에에엑!

가기 싫다. 이거 좀 아니다. 이건 아닌 것 같다.

하지만 그 본능적인 거부감을 이기는 것이, 바로 주인에 대한 공포감이었다.

"빨리 와. 시간 없어."

한주혁의 말에 꼬꼬는 뒤뚱거리며 따라나섰다.

키엑!

주인. 거기 위험한 거 같습니다. 이거 제 감이 경고합니다.

보다 높은 차원의 생각이 가능해진 꼬꼬가 열심히 자신의 의견을 피력했지만 한주혁은 들은 척도 하지 않았다.

"걱정 마. 나는 안 죽어."

베르디에게 경고를 들어서 알고 있다. 한참을 억눌렀다가 이제야 터지게 된 마나 폭발이 얼마나 강력할지. 필드 자체가 소멸하면서, 자신도 시공간의 왜곡 속에 빠져 버릴 수도 있다고 했다. 아무리 강해도 빠져나올 수 없는 제3의 공간 말이다.

키에에엑!

그건 주인님이 안 죽는 거고!

꼬꼬는 따지고 싶었다. 주인이 이렇게 말하는 것 같다. 나는 안 죽어. 너는 죽을 수도 있어. 근데 그건 내 사정 아니잖아? 죽어도 너만 죽을 테니. 보다 똑똑해진 꼬꼬는 그렇게 들었고, 그래서 가고 싶지 않았다.

"주랑 씨는 선택하세요. 저랑 같이 갈지 말지. 시간을 길게 못 드려요. 10초 드릴게요."

이주랑이 없으면 요새까지 한 번에 이동할 수 없다. 만약 이주랑의 도움이 없다면, '듀판의 지문'은 포기해야 할지도 모른다.

"잘못하면 실종 상태에 빠질 수도 있어요."

이주랑이 한주혁을 올려다봤다. 그녀의 눈동자에는 한 치의 흔들림도 없었다.

"저는 절대악을 좋……."

이주랑의 얼굴이 붉어졌다. 저도 모르게 속마음이 튀어나올 뻔했다. 그녀는 아주 빠르게 크흠! 헛기침을 하고서 잽싸게 말을 이었다.

"절대악을 믿습니다. 제가 돕겠습니다. 인류를 위한 일이라고 생각합니다. 다소의 위험을 얼마든지 감수할 준비가 되어 있습니다. 그것이 바로 인류를 위한 일이니까요. 대를 위한 일이니까요. 위대한 것을 향하여, 무거운 발걸음을 옮기는 그 행위에 동참하는 것은 저에게도 매우 영광되며 기쁜 일입니다."

이주랑의 말은 굉장히 빨랐다. 스스로도 무슨 말을 하는지 몰랐다.

'못 들었겠지……?'

딱 한 글자. '좋'이 나와 버렸다. 더 정확히 말하자면 '좋'의 'ㅈ' 정도가 입 밖으로 튀어나왔다.

'못 들었을 거야.'

못 들었어야만 한다. 이 속마음은 죽을 때까지 간직할 거다. 절대 입 밖으로 내지 않으리라.

"그럼 워프하겠습니다."

꼬꼬가 울부짖었다.

키에에에에엑!

이주랑의 귀에는 저 울부짖음이 '싫어어어어!'로 들렸지만 모른 척했다.

한주혁은 필드가 심상치 않음을 느꼈다. 한주혁을 보자마자 제자리에서 움직이지 못하고 있는 7급 장군 메이트가 꼬꼬보다 훨씬 더 절박한 목소리로 울부짖었다.

"제, 제, 제발! 제발! 제발! 제발 살려주십시오! 살려만 주시면 뭐, 뭐든지 하겠습니다!"

한주혁이 말했다.

"듀판의 지문."

"예, 예?"

"두 번 말 안 한다."

메이트는 희망을 찾았다고 생각했다.

'듀, 듀판의 지문!'

듀판은 잘 아는 사이다. 같은 오성 장군.

'듀판의 지문이 왜?'

그런 의문은 머릿속에서 지워 버렸다. 듀판의 지문. 지문이라. 지문. 지문을 어디서 얻지?

"듀, 듀판은 양손이 없습니다! 그래서 의수를 사용했습니다. 그 의수가 정말로 정교해서 지문이 새겨져 있었을 것입니다!"

한주혁이 꼬꼬를 쳐다봤다.

"들었지?"

이 필드. 정말 불안정하다. 지금 당장 터져도 이상하지 않다. 마나가 일렁거리는 것이, 한주혁도 께름칙할 정도의 파괴력이 느껴졌다.

꼬꼬가 바로 날았다.

키에에에엑!

모르겠다. 날자.

빠르게 날았다. 요새는 텅 빈 상태. 꼬꼬는 눈앞에 보이는 잿더미들을 미친 듯이 쪼고 또 쪼았다.

나와라. 나와. 나와라.

콕! 콕! 콕! 콕!

꼬꼬의 간절한 열망이 담긴 부리 쪼기가 시작되었고, 잿더미 중 하나가 결국 무엇인가를 토해냈다.

'의수'

한주혁의 눈이 빛났다. 의수가 맞았다. 아이템의 이름도 '듀판의 의수'였다. 저게 퀘스트 아이템인 '황궁 지하 통로'를 활성화시킬 수 있는 아이템.

그런데 그때 필드 전체가 떨리기 시작했다.

쿠구구구구구궁-!

강진이 일어난 것 같았다.

꼬꼬의 털이 바짝 섰다. 본능이 위험을 알렸다.

키에에엑!

발을 동동 구르며 제자리에서 날갯짓했다. 저 태평해 보이는 주인님, 아니, 주인 놈에게 위험을 알려야 했다.

콰과광!

폭발음이 터져 나왔다. 저만치 멀리. 요새 바깥. 필드 외곽에서 터져 나온 폭발음이었다. 엄청난 충격파 폭풍이 불어닥쳤다.

"으아아아아아아아아아악!"

공포에 질린 메이트가 비명을 내질렀다. 폭발은 연쇄적으로, 그리고 빠르게 중심부인 요새를 향해 그 마수를 뻗쳐왔다.

메이트는 절망했다.

'다 끝났다.'

꼬꼬도 똑같이 느꼈다. 주인 잘못 만나서 여기서 죽게 생겼다.

키에에에에엑!

애처롭게 울부짖었다. 내가 다시는 주인 놈을 주인으로 모시지 않으리라! 이 나쁜 주인 놈아! 내가 미쳤다! 말을 할 수만 있다면 그렇게 외치고 싶었다. 그 순간만큼은 진심이었다.

그리고 그날. 꼬꼬는 기적을 만났다.

꽃꽃은 '듀판의 의수'를 획득했다. 그리고 그사이 한 가지 판단을 내렸다.

'장군들을 그냥 죽이는 건 의미가 없겠어.'

요새 안에 대기하고 있던 장군들을 죽여서 자신의 압도적인 힘을 증명한 것까지는 좋았는데, 아무래도 그게 능사는 아닌 것 같다.

'베르디가 폭발을 억누르지 않았다면……'

그러면 이미 듀판의 의수는 이 세상에 존재하지 않았을 거고, 따라서 듀판의 지문도 얻지 못했을 거다. 이 필드 자체가 사라졌을 테니까.

'황궁 지하 통로를 활성화시켜서 황궁으로 가는 길을 뚫으려면……'

6급 장군 체이코를 잡아서 나온 아이템이다. 그리고 7급 장군의 지문이 필요하다. 그렇다는 말은 7급. 6급. 혹은 그 이상의 장군들에게서 나오는 무엇인가가 필요할 가능성이 매우 높다.

'오케이.'

상황 파악은 끝났다. 그 판단에 걸리는 시간은 불과 0.3초가 채 걸리지 않았다. 한주혁에게도 시간이 그리 많지 않았다.

7급 장군 메이트의 '으어억!' 비명과 함께 무지막지한 폭발의 충격파가 한주혁의 몸을 덮었다.

이주랑은 심장을 강타하는 커다란 충격에 몇 번이나 헛기침을 해야만 했다.

콜록. 콜록. 콜록.

이것은 이주랑이 의도한 것이 아니다. 몸이 저절로 반응했다. 가슴에 굉장히 큰 충격을 받은 것 같았다.

'올림푸스에서 이런 충격이라니.'

특별히 설정된 상황. 이를테면 '고통 찔레꽃'에 의하여 영향을 받는 특수한 상황이 아니라면 이런 고통은 느껴지지 않는다.

콜록. 콜록.

계속해서 기침이 나왔다. H/P도 많이 떨어져 내렸다. 절반 이상의 H/P가 깎여 나갔다.

"괜찮아요?"

쿵!

이주랑은 심장이 내려앉는 것 같은 기분이 들었다. 이주랑은 저도 모르게 손을 뻗어 한주혁을 밀쳤다. 한주혁의 얼굴이 자신의 얼굴 바로 앞에 보였기 때문이다.

"괘, 괜찮습니다."

이주랑의 얼굴이 잔뜩 붉어졌다.

"죄, 죄송합니다. 너무 가까이 다가오셔서 그만."

"아니에요. 괜찮으면 됐어요."

이주랑의 얼굴은 물론이거니와 귀와 목덜미까지 빨갛게 물들어 버렸다.

'너, 너무 가까웠어.'

괜찮냐고 물어오는 한주혁의 얼굴이 지나치게 가까웠다. 충격파에 의한 충격보다 한주혁의 얼굴 때문에 더 큰 충격을 받은 것 같다. H/P는 깎이지 않았지만 심장이 떨어지는 것만 같았다.

그녀는 진지한 얼굴로 꼬꼬에게 말했다.

"꼬꼬. 치킨 좋아하니?"

한주혁은 이주랑의 말에 크게 신경 쓰지 않았다. 구본부의 말에 따르면 이주랑은 가끔 헛소리를 하니까. 당황하면 꼭 저런단다.

'그렇게 많이 놀랐나.'

놀랄 만했다. 한주혁은 절대자가 된 이후 가장 빠른 속도로 움직였다. 이주랑이 놀란 것은 충분히 이해한다. 이주랑보다 더 놀란 7급 장군 메이트는 지금 입을 쩍 벌린 채 아무 말도 못 하고 있었으니까.

"……."

한주혁이 메이트를 힐끗 쳐다봤다.

"살려주고 싶어서 살려준 건 아냐."

"……."

메이트는 여전히 말을 하지 못했다. 지금 자신이 본 것이 무엇인지 도무지 믿을 수가 없었다.

'정리를…… 해보자…….'

머릿속으로 상황을 정리해 봤다. 이 상황이 어떻게 된 상황인지.

'폭발은 분명 시작됐다.'

필드의 가장자리에서부터 어마어마한 폭발이 있었다. 그야 말로 대폭발.

'나는 분명 죽었어야 한다.'

그런데 죽지 않았다. '어?' 하는 순간 절대악의 얼굴이 보였었다. 절대악은 자신을 낚아챈 뒤 움직였다. 자신은 절대악의 오른팔에 딸려 다니는 실 같은 존재였다.

'그리고……'

오른팔로는 자신을 대충 끌고 다녔고(덕분에 메이트의 온몸은 상처투성이다) 왼팔로는 저 아름다운 여자를 옆구리에 끼고 달렸다. 아니, 날았다. 아니, 날은 수준도 아니다.

'거의 워프 수준이었어.'

워프는 아니다. 분명 물리적으로 달렸다. 그런데 워프보다 더 빨랐다.

'저런 스피드는 일평생 본 적이 없다.'

비록 말단이기는 하지만 메이트도 무려 장군급 NPC이다. 그런 메이트도 처음 보는, 말하자면 말도 안 되는 스피드였다. 정신 차려보니 모든 것이 끝나 있었다.

머릿속으로 아까의 상황을 최대한 천천히 떠올렸다. 참고로 이 모든 상황이 벌어지는 데에는 불과 1초가 채 걸리지 않았다. 1초도 되지 않아 이 모든 일들이 순식간에 지나쳐 갔다.

'그리고 중간에 무엇인가를 했고.'

무엇인가를 했으며.

'폭발을 몸으로 받아냈다……?'

마지막 순간에 폭발을 몸으로 받아내어 저 독수리 같이 생긴 펫을 지켜냈다.

'중간에 했던 것은…….'

그게 뭐였을까. 패닉에 빠진 와중에도 그것이 무엇인지 알 수 있었다.

'이건…… 정말 말이 안 되는 거다.'

온몸에 소름이 돋았다. 이건 정말로 있을 수 없는 일이다.

'뭐라고 해야 하지?'

굳이 표현하자면.

'폭발을 공격했어?'

'폭발을 공격했다'라는 표현이 그나마 적절할 것 같다는 생각을 했다.

개념은 쉽다. 적이 있다. 그 적을 없애고 싶다. 그러면 그 적을 공격하면 된다. 만약 그 적이 사람이라면 찌르면 된다. 그런데 그 적이 '폭발'이라면?

'이게 말이 되나?'

말이 안 되는데, 지금 아무도 다치지 않고 필드도 멀쩡한 걸 보면 말이 되는 것 같다.

한편, 꼬꼬는 눈앞에서 마주한 기적에 감동했다.

키에엑!

꼬꼬가 날개를 활짝 폈다.

자신 바로 앞에서 폭발을 막아준 한주혁을 향해 날개를 펼쳤다. 어미 새가 아기 새를 보듬어주듯 한주혁의 몸을 안았다.

키에엑!

꼬꼬의 눈에서 눈물이 떨어졌다.

방금까지 꼬꼬는 한주혁을 원망했다. 결코 같은 주인을 모시지 않으리라 다짐했다. 그랬는데 그 주인은 몸을 던져 자신을 보호했다. 덕분에 자신은 살았다. 마지막 순간 주인이 정말 필사적으로 달린 것을 두 눈으로 똑똑히 봤다.

꼬꼬의 눈에 한주혁의 찢어진 옷과 상처가 보였다. 주인답지 않게 숨소리도 꽤 거칠었다.

한주혁은 감동한 꼬꼬를 슬쩍 쳐다봤다. 전후 사정이야 어찌 됐든 꼬꼬가 많이 감동한 것 같다.

-꼬꼬가 주인의 희생정신에 감동하였습니다.
-꼬꼬의 주인에 대한 충성심이 상승합니다.
-꼬꼬의 충성심이 상승합니다.
-꼬꼬의 충성심이 계속하여 상승합니다.
-꼬꼬의 충성심이 MAX에 도달하였습니다.

충성심이 MAX란다. 그것을 시스템이 인정했다. 그에 따라 스킬 하나가 생겨났다.

-패시브 스킬. '위대한 희생'이 생성됩니다.

-'위대한 희생'은 주인을 위해 대신하여 죽을 수 있을 정도의 충성심을 가진 펫이 자발적으로 생성하는 스킬입니다.

정말로 위험한 상황에, 주인의 목숨이 위협받을 때에 주인을 대신하여 한 번 희생할 수 있는 스킬이란다.

"가자."

올림푸스에서 빠져나온 한주혁은 천세송과 같은 테이블에 앉았다.

작년, 바리스타 대회에서 1등을 한 최고 실력의 바리스타가 상주하는 한주혁의 대저택. 그곳에서 한주혁은 믹스커피를 마셨고, 천세송과 한세아는 바리스타가 타준 커피를 마셨다.

"그냥 뭐. 대충 될 것 같았어."

"그게 되는구나."

폭발을 공격해서 없애 버리다니. 그런 게 가능할 것 같지는 않은데, 그것을 행한 사람이 오빠니까 그런가 보다 했다.

한세아는 필기했다.

"너 뭐 하냐?"

"응. 필기 중."

"왜?"

"그런 게 있어."

한주혁의 활약상. '이오빠가내오빠다'로 열심히 활동하기 위하여 하나도 빼놓지 않고 적어야 하지 않겠는가. 이 모든 것들을 빼곡히 기록한 뒤에, 나중에 자신이 '이오빠가내오빠다'라는 것을 밝히게 되면?

'오빠는 고개를 못 들고 다니겠지!'

그건 그것 나름대로 쾌감이 있을 것 같다.

"아니 근데 진짜 대박이다. 폭발을 공격해서 없애 버리는 건 도대체 어디서 나온 발상이야?"

"그냥 해봤어."

"만약 실패했으면?"

"실패 안 할 것 같았는데?"

"……원래 그게 되는 줄 알았어?"

"아니?"

"그니까 오빠 말은 그냥 딱 그 상황이 돼서. 사이즈 딱 보니까. 그냥 아 되겠구나, 한 거네?"

"어."

이건 그냥 천재와 범인의 차이 아니겠는가. 한세아는 그냥 그런가 보다 하기로 했다.

"그런데 오빠도 좀 다쳤다고?"

"그 7급 장군도 구하면서 이주랑 씨도 구하고, 거기에 꼬꼬까지 구하려니까 손이 좀 모자랐어."

만약 7급 장군 메이트를 그냥 뒀더라면 조금도 다치지 않았을 거다.

"얼마나 다친 거야?"

"그냥 옷이 좀 찢어지고 찰과상 조금?"

그때 천세송은 한주혁의 볼에 난 상처를 발견했다.

"오빠. 설마 이거……?"

"응. 맞아."

동생인 한세아를 대할 때와 연인인 천세송을 대할 때의 표정과 말투가 완전히 달랐다. 한세아도 그 사실을 뼈저리게 느꼈지만 지금은 그것에 신경 쓸 때가 아닌 것 같았다.

"오빠. 올림푸스 들어가기 전에는 없었잖아."

"어."

천세송이 자리에서 일어섰다. 황급히 벽면에 설치되어 있는 인터폰을 향해 달렸다.

"의료진 부를게."

"……이걸로?"

한주혁의 대저택에는 최고의 의료진이 대기 중이다. 이런 일로 부르기에는 좀 미안할 정도인데, 하여튼 천세송은 국내 최고의 외과 전문의 중 한 명이라 할 수 있는 김명훈을 호출했다.

'상처 자체는 별거 아냐.'

상처는 별게 아니다. 그냥 조금 까진 정도에 불과하다.

'문제는.'

올림푸스에서 공격했는데, 현실의 몸이 다쳤다. 비록 그것이 압축되고 압축되고 또 압축된 형태. 엄청나게 강력한 마나 폭발이라고 할지라도. 그것이 어떻게 현실의 몸에 영향을 끼친단 말인가?

'이 정도로 기술이 발달한 건가.'

NPC의 플레이어 적대화가 본격적으로 시작되면서, 그들의 대(對) 플레이어 공격 능력이 비약적으로 향상된 것 같다. 아예 대놓고 플레이어들을 납치하고 그에 따라 생체 실험도 많이 진행하는 것 같다. 그 실험을 통해 여태까지 이론으로만 존재하던 많은 것들을 차근차근 실체화시키고 있다고나 할까.

'아직 상용화 수준은 아냐.'

상용화되지는 못했다. 적어도 '장군급' 이상의 NPC가 '꽤 오랜 시간 공을 들여' 준비를 해야만 이러한 공격이 가능하다.

'점점 위험해지는데.'

하루빨리 황궁으로 가는 길을 열어서 황제를 무릎 꿇려야 한다.

'아니. 황제보다도.'

에르페스와 같을 수 있다. 황제가 아니라 대공. 태르민을 잡아야 한다.

'아주 만약에…… 올림푸스에서의 현실 간섭 능력이 상용화된다면……'

이건 단순히 공격 차원의 문제가 아니다. 말하자면 '현실에 대한 간섭 능력'이다. 현실의 몸에 상처를 입혔다. 그렇다면? 다시 말해 올림푸스에서 현실에 어떤 힘을 발현시킨 거다.

그 개념을 더 확장할 수 있다. 최악의 상황을 생각해 봤다.

'올림푸스에서 현실로 뉴클리안을 쓸 수 있다면?'

올림푸스에서의 현실 간섭. 그것이 뉴클리안으로 이루어지게 되면 아마 걷잡을 수 없는 혼란이 일어나겠지.

한주혁은 직감했다.

'시간이 많지 않아.'

저들의 기술은 시간이 갈수록 급격하게 발전하고 있다. 정확히 말하자면 이론으로만 존재했던 것들을 빠르게 실제로 구현해 내고 있다고 보는 것이 맞겠지.

여유 부릴 때는 아닌 것 같다. 체력적으로 너무 지치지 않는 선에서, 올림푸스 플레이를 최대한 많이 해야 할 것 같다.

치료 아닌 치료를 받으면서 한주혁이 말했다.

"하나의 분기점을 넘었어."

확실히 알았다. 올림푸스에서도 현실에 간섭할 수 있다. 올림푸스 문물이 현실로 넘어오는 그 현상이, 조금 더 확장된 형태.

"그렇다면 내게도 어떤 분기점이 주어지겠지."

여태까지 그래왔다. 성좌들과의 전투가 이 전쟁의 시작이었다. 성좌들과 싸우면서 올림푸스의 신인 제우스가 자신의 편이라는 것을 깨달았다.

한세아가 말했다.

"성좌가 무엇을 가질 때마다, 오빠가 그것을 깨부술 수 있는 무엇을 얻었잖아. 그 말 하는 거지?"

"맞아."

NPC들이 현실에 간섭할 수 있는 힘을 얻었다. 만약 한주혁 자신이 '제대로' 시나리오를 진행해 간다면 그에 상응하는 힘을 얻을 수 있을 확률이 높다. 제우스가 정말 자신의 편이라고 한다면 말이다.

한주혁이 눈을 살짝 떴다.

"왠지. 감이 온단 말이야."

메모지와 펜을 든 한세아의 눈이 반짝거렸다.

"뭔데? 말해줘."

"그건 말이야."

한주혁의 말이 시작됐다.

6장
다시 찾은 하늘로 흐르는 강

"그건 말이야."

제우스의 속셈을 정확하게 파악하고 있는 건 아니다. 다만 여태까지의 경험들을 미루어 보아, '이렇지 않을까' 하고 생각해 보는 단계에 불과하다.

"올림푸스에서 현실에 간섭할 수 있는 거. 생각해 보면 되게 오래된 거 아니야? 아이템을 현실에 가져올 수 있다는 것 역시 간섭의 일부로 볼 수 있으니까."

잃어버린 역사 이후. 현재의 문명을 지탱하고 있는 것은 다름 아닌 올림푸스 문물이다.

한세아가 고개를 끄덕였다.

"따지고 보면 그건 그렇지……?"

다만 그것은 인류에게 너무나 자연스럽고 익숙한 일이다.

이것 역시 현실에 간섭한다고 볼 수 있다는 지극히 쉬운 사실을, 사람들은 이제서야 깨닫고 있는 중이다.

"반대로 현실에서 올림푸스에 영향을 끼칠 수 있는 건?"

올림푸스에서는 많은 것들이 현실로 올 수 있다. 그렇지만 현실에서 올림푸스로 갈 수 있는 건?

"현실에서 올림푸스로?"

아직까지 그런 선례는 없다.

그러다가 문득 한세아는 한 가지 사실을 떠올렸다.

"플레이어?"

"맞아."

현실에서 올림푸스에 영향을 끼칠 수 있는 것이 있다. 바로 플레이어다. 그 영향력이 미비하기는 했지만 말이다.

"정리를 해보자."

NPC는 원래 올림푸스의 주민이다. 그 주민이 현실에 간섭하기 시작했다.

"플레이어는 원래 현실의 주민이잖아."

플레이어는 원래 지구의 주민이다. 그 주민이 올림푸스에 간섭해 왔다.

"명제만 놓고 보면 같아."

그런데 문제는 힘의 균형이 너무나 한쪽에 몰려 있다는 거다. NPC의 힘은, 한주혁을 제외한 그 누구도 감당하기 어렵다.

"세아 네가 균형을 지키는 신이라면, 어떻게 하겠어?"

"음."

'제우스에게 밸런스라는 것이 있기는 있는 걸까?'

한세아는 진심으로 그렇게 생각했다가 마음을 고쳐먹었다.

'밸런스를 중요하게 생각하는 게 맞기는 맞지.'

NPC와 상대하기 위한 힘 전부를 한 명에게 몰아주기는 했지만, 어쨌든 'NPC 전부'와 '플레이어 전부'로 팀을 나누어 생각해 보면 밸런스가 얼추 맞는 것 같기는 하다.

"균형을 지키려면……."

얘기가 멀리 돌아왔지만 결론은 아주 간단하다.

"플레이어에게 힘을 실어주면 되겠네."

"그렇지."

여태까지 제우스가 해왔던 것이 바로 그거다. 절대악을 절대자로 키우고 NPC와 상대할 수 있는 힘을 주는 것. 한주혁 역시 그것에 큰 재미와 흥미를 느끼고 착실히 진행해 가고 있는 거고.

한주혁이 피식 웃었다.

다 왔다.

"플레이어에게 힘을 실어주려면? 참고로 올림푸스에서 나보다 센 NPC는 없다. 이건 장담할 수 있어."

한세아의 머리카락이 쭈뼛 섰다. 오빠에게 적수가 없다는 것을 암묵적으로 알고 있었고 그냥 머릿속으로 그렇게 생각하고는 있었지만, 당사자가 그걸 직접 확인해 줬다.

"오빠가 제일 세?"

"당연하지."

인간의 종족값을 초월한 절대자 아닌가. 두말하면 잔소리다. 한주혁은 그렇게 생각한다.

"역시! 내가 그럴 줄 알았어!"

한세아가 활짝 웃었다. 당사자에게 직접 확인받으니 기분이 아주 좋아졌다.

신나서 말했다.

"플레이어에게 힘을 몰아줘야 해. 근데 그 대상이 오빠로 한정되어 있잖아?"

지금 와서 다른 플레이어를 키울 것 같지도 않다. 그렇다면 오빠에게 힘을 더욱 몰아줘야 하는데, 이미 올림푸스에서는 최강자다.

"균형을 맞추기 위해서는……. 플레이어인 오빠의 힘을 현실로 가져오는 것이 유일하겠는데?"

한주혁은 방으로 돌아왔다. 침대를 향해 걸었다. 예전에도 그랬지만 요즘도 할 일이 태산이다.

'모르골 제국의 황궁으로 가는 길을 열어야 하고.'

다시 말해 모르골 제국과 전쟁을 하고 있다. 거의 혼자서 제국을 상대해야 하는 일이다. 스케일이 크다 보니 신경 쓸 것도 많다.

게다가 놈들은 툭하면 플레이어들을 납치해서 인질로 삼고 있다. 모르골 제국 문제는 칸트에게 일임하여 맡겨놓기는 했지만, 어쨌든 성가신 문제인 것은 틀림없다.

'에르페스도 언제 대대적으로 반 플레이어 기류를 풍길지 모르고.'

모르골과 에르페스는 한 몸이다. 한주혁은 그렇게 판단하고 있다. 언제 모르골처럼 플레이어들을 핍박할지 모른다. 그것에 대한 대비도 해야 한다.

'그와 동시에 에르페스 메인 퀘스트도 진행해야 하고.'

서서히 끝이 보이는 듯한 에르페스 메인 퀘스트. 보복 전쟁의 서막도 계속해서 진행해야 한다.

'하늘로 흐르는 강의 비밀도 파헤쳐야 해.'

제6 장로 제타가 일단 이름 붙인 '근원'이라는 것도 파악해야 한다. 그런데 또 시간이 많지는 않다. NPC들의 대(對) 인간 살상 기술을 하루가 다르게 발전시켜가고 있다. 시간이 지나면 지날수록 인류의 피해는 커질 거다.

'할 거 진짜 많구나.'

몸이 두 개면 좋겠다. 힘들지는 않았다. 오히려 재미있었다. 바쁜 것이 좋았다.

한주혁은 침대 위로 올라갔다.

"헉!"

침대 이불 속에 누군가 숨어 있었다.

누군가는 바로 한세아의 눈을 피해 한주혁의 방으로 몰래 들어온 천세송이었다.

그녀는 두꺼운 이불 속에 숨어 있다가, 이불 속에서 빼꼼 얼굴을 내밀었다.

그러고서 몸을 일으켜 한주혁을 껴안았다.

"오빠 냄새 좋아."

둘은 자연스레 한 덩이가 되어 침대에 누웠다.

"킁킁."

한주혁의 가슴팍에 얼굴을 묻고서 킁킁거렸다.

세상에 아는 세계의 안주인. 그 모습은 온데간데없었다. 세상이 보는 단호하고 냉철하기까지 한 여인은 없었다. 그저 애교 가득한 아기 고양이 하나가 있을 뿐이었다.

한주혁은 결국 기분 좋게 웃고 말았다.

"네 냄새가 더 좋아. 언제 들어온 거야?"

한주혁은 자신의 품에 안긴 천세송의 머리에 코를 대고서 킁킁거렸다.

"악! 오빠! 나 머리 감은 지 벌써 5시간이나 지났단 말이야."

"좋은 냄새밖에 안 나는데?"

자신의 품에서 벗어나려는 듯 발버둥 치는 천세송을, 한주혁은 팔과 다리를 사용해서 꽉 껴안았다. 천세송의 체향. 그리고 체온이 느껴졌다.

천세송의 얼굴이 붉어졌다. 심장이 쿵쿵거렸다. 붉어진 얼굴을 들키지 않기 위해, 얼굴을 살짝 내리깔았다.

'화, 화제를 찾자.'

황급히 말을 꺼냈다.

"오빠. 그런데 오빠의 힘을 현실에서 사용할 수 있을까, 정말로?"

그렇게 되면 오빠는 명실상부한 절대자로 군림할 수 있을 것 같다. 지금 받고 있는 각국 특수 부대와 정보기관의 보호도 전혀 필요 없어질 거다. 절대적인 힘을 발휘하는 '아서'의 힘이 한주혁에게 빙의된다면, 그 어떤 위협도 감히 오빠를 위협할 수 없을 테니까.

"글쎄. 나는 그럴 거라고 봐."

한세아에게는 해주지 않았던 좀 더 자세한 얘기가 천세송에게 전해졌다.

"하늘로 흐르는 강 기억나지?"

"응. 예전에 키메라들 나왔었잖아. 블랙 몹도 나왔고."

어찌 보면 절대악의 등장이 가시화되었던, 초창기의 필드 아닌가.

"돌이켜 보면 이상하지 않아?"

"뭐가?"

"거기서 나왔던 블랙 몹들."

"……아."

천세송도 한주혁의 말을 깨달았다. 여태까지 까맣게 잊고 있었는데 돌이켜 생각하니 정말 이상했다.

"그러네. 6장로인 제타가 힘들어했었으니까."

초창기의 필드다. 플레이어에게도 공개가 되어 있었다. 그런데 장로가 힘겨워했었다. 이상한 게 맞다.

한주혁이 말했다.

"제타가 여태까지 그곳을 계속해서 탐사해 왔거든. 이상하다고."

"그랬어?"

"최근에 뭔가를 발견했단 말이야. 강력한 에너지를 품고 있는."

"아……."

천세송은 재미있는 이야기를 듣는 어린아이처럼 눈을 초롱초롱 빛내며 한주혁의 이야기에 집중했다. 한주혁이 말하는 단어 하나, 심지어는 쉼표 하나까지 귀에 담으려는 것처럼 보였다.

한주혁이 씨익 웃었다.

"그런데 타이밍이 묘하단 말이야. 왜 여태까지 발견하지 못했을까? 제타는 분명 답답함을 이기지 못하고 팬더에게도 도움을 요청했을 거야."

제9장로. 패스파인더 팬더.

'분명 팬더가 한 번쯤은 도와줬을 텐데.'

그런데 아무것도 찾지 못했었다. 그러다가 이 시점에 이르러서야 뭔가를 발견했다?

"발견한 게 아니라."

한주혁이 씨익 웃었다.

"발견하게 해준 거라면?"

"제우스가?"

"그렇게 설명하면 상황이 맞아떨어져."

한주혁은 일단 그렇게 가정했다. 제우스가 제타로 하여금, '근본'을 발견하게 해준 거라고. 그렇다면 여기서 파악해야 할 것은 '왜?' 다.

"NPC들이 현실에 대한 파괴적인 간섭 능력을 갖추어가고 있는 타이밍이라는 것이 중요하지."

제우스는 계속해서 신호를 던지고 있었다.

"세송이 너도 현실에서 올림푸스의 능력을 쓸 수 있잖아?"

굉장히 제한적이기는 하지만 분명히 그렇다. 그래서 한주혁에게 접근하는, 일명 '날파리'들을 천세송 선에서 걸러낼 수 있게 되지 않았는가.

"대연합과 싸울 때. 현실의 몸을 지키기 위해 올림푸스 아이템을 썼었고."

한주혁은 이렇게 생각했다. 소설적 장치로 생각한다면 그 모든 것들이 복선이라 할 수 있을 거라고.

"심지어는 대연합이 몬스터 게이트를 통해 몬스터를 현실로 불러왔지."

그것도 퍼즐 중 하나라고 할 수 있을 거다.

"아이템 전송소를 통해 현실로 가져올 수 있는 아이템들을 대폭 늘렸고."

그 모든 것들. 한주혁이 해왔고, 또 천세송에게 주어진 능력들은 한 가지 사실을 시사하고 있었다.

"이 모든 것들이 나 역시 현실에서도 올림푸스의 힘을 사용할 수 있을 거라고 예지하고 있는 것 아니겠어?"

그리고 지금 타이밍에 나타난 '하늘로 흐르는 강'에서 발견한 미지의 구멍까지.

천세송이 고개를 끄덕였다. 가슴팍에 안겨 있는 상태인지라, 천세송이 고개를 끄덕일 때마다 천세송의 보드라운 머리카락이 한주혁의 가슴팍과 목덜미를 간지럽혔다.

천세송이 중얼거렸다.

"하늘로 흐르는 강……."

"이름도 이상하잖아. 강이 어떻게 하늘로 흘러? 정상적이지 않지."

중력을 거스르는 강. 거꾸로 흐르는 강. 말하자면 뒤집힌 현상.

"일반적으로는 플레이어가 올림푸스에 접속해서 힘을 발휘해. 이걸 반대로 뒤집으면?"

"올림푸스의 힘을 현실에서 발휘하는 거?"

한주혁이 천세송의 머리를 슥슥 쓰다듬었다.

"나는 그렇게 판단하고 있어. 이미 아주 오래전부터. 제우스는 안배를 해놓은 거야. 하늘로 흐르는 강이라는 이름으로."

"그래서 하늘로 흐르는 강이구나!"

천세송은 세상에서 가장 놀라운 이야기를 들은 듯 한주혁을 쳐다봤다. 그녀의 커다란 눈망울과 살짝 벌어진 입은 예뻤다.

'사실 뭘 해도 예쁘지만.'

가만히 있어도 예쁘고 말해도 예쁘고 뭘 먹어도 예쁘고 자는 것도 예쁘고 그냥 뭘 해도 다 예쁘긴 하지만, 오늘은 특별히 더 예쁜 것 같다. 자신의 얘기를 이렇게 경청하면서 화사한 리액션을 보여주는 여자 친구의 표정은 마치 햇살 같았다. 예쁜 햇살.

"나는 한숨 자고 나서 바로 하늘로 흐르는 강으로 이동할 거야."

이제 척하면 척이다.

"그럼 내가 칸트랑 함께 모르골 제국 쪽으로 넘어갈게. 내가 직접적인 도움을 크게 못 돼도, 오빠를 대신해서 어떤 판단을 내리는 상황이 있을 수 있으니까."

칸트는 유능하다. 그렇지만 제왕은 아니다. 반드시 왕의 결정이 필요한 때가 있다. 그런데 그 왕이 너무 바쁘고 신경 쓸 것이 많다면? 왕을 대신하는 누군가가 필요하다.

한주혁이 판단하기에, 그 대신하는 누군가의 역할을 가장 잘 소화할 수 있는 사람은 천세송이다.

"우리 세송이 다 컸네."

"그으럼. 나 이제 어른이야. 다 컸다구."

침대 위에서 유독 '어른'을 강조했다.

"……."

천세송은 한주혁의 그르렁거리는 소리를 들었다. 어느새 잠든 모양이다.

'이게 아닌가?'

조금 야한 속옷을 입어볼까? 물론 오빠의 이야기는 흥미롭고 즐거웠다. 오빠와 대화하는 그 순간순간이 추억이며, 즐거운 시간인 것은 맞다.

'나도 어른인데.'

그런데 좀 더 깊은 대화를 나누고 싶다. 단순히 말로만 하는 것이 아니라 몸으로도 나누는 깊은 교감. 어른들끼리 하는 몸의 언어 말이다.

천세송은 잠든 한주혁을 가만히 쳐다보았다.

'많이 피곤한 것 같네.'

어른의 대화는 조금 더 미뤄야 할 것 같다. 오빠가 여러모로 신경 쓸 것이 많아 굉장히 피곤해 보인다. 대화 몇 마디 나누고 잠들어 버렸다.

'나도 힘내야지.'

어른의 대화를 나누기 전, 어른이 되었다는 것을 증명하고 싶다. 한주혁 앞에서는 애교 가득한 여자 친구지만, 세상 앞에서는 세상의 안주인 아닌가.

하루가 흘렀다. 잠에서 깨어난 한주혁은 곧바로 올림푸스로 직행했다. 더 정확히 말하자면 '하늘로 흐르는 강'으로 향했다.

'하늘로 흐르는 강'에서 한주혁은 곧바로 이상함을 직감했다.

이상함을 직감한 순간, 한주혁이 황급히 말했다.

"제타. 물러서!"

한주혁이 제타의 등에 손을 댔다.

"주, 주군……!"

6장로 제타는 더 이상 말을 할 수 없었다.

'큭!'

제타의 몸이 튕겨져 나갔다. 한주혁이 제타를 멀리 밀어냈다. 한주혁의 손바닥과 제타의 등 사이에 커다란 폭탄이라도 있었던 것처럼, 제타는 엄청난 속도로 멀어졌다. 그의 몸이 하늘 높이 떴다.

"주군!"

제타는 목이 터져라 한주혁을 불렀다.

'이 중력파는 도대체.'

혼자 왔을 때에는 아무렇지도 않았는데, 주군과 함께 오니 필드에 변화가 있었다. '하늘로 흐르는 강' 필드 지하에는 거대한 지하 공동이 있고, 그 아래에는 깊이를 알 수 없는 검은 구멍이 있다.

'아마 저기 같은데.'

아마도 저곳 같다. 저 구멍. 편의상 '근원'이라고 부르는 저
곳. 저곳에서 측량하기조차 힘들 정도의 강력한 중력파가 주
군과 자신을 끌어당겼다.

'내가 도움이 되어야 하는데.'

주군의 힘을 대충 안다. 일단 자신의 경지를 훨씬 뛰어넘었
다. 그런데 저 안으로 속절없이 빨려 들어갔다.

'이건 뭘 의미하는 거지?'

혼자서는 아무것도 못 할 것 같다. 그는 급한 대로 귓말을
넣었다.

-시르티안. 큰일입니다!

프루나까지는 귓말이 닿는 것이 정상이다. 같은 대륙이고,
'하늘로 흐르는 강'은 던전과 같은 특수 필드도 아니니까.

그런데 알림이 들려왔다.

-귓말 전송이 불가합니다.

좀 더 자세한 설명도 있었다.

-'심연'의 중력파에 의하여 귓말이 전송되지 않습니다.

'심연?'

편의상 '근원'이라고 이름 붙였던 그곳의 이름이 '심연'인 것 같다. 시스템상으로 이름을 알려준 셈이다.

'귓말 전송 불가.'

보아하니 자신도 바깥 필드로 이동하는 것이 불가능할 것 같다. 주군은 심연으로 빨려 들어갔고, 자신은 필드 위에 남았다. 현재 하늘 높이 떠 있는 상태. 심연의 중력파가 이곳까지는 작용하지 않는 것 같다.

'일단 하늘 위에 뜬 상태로 내가 할 일을 찾아야겠다.'

주군께서 밑으로 빨려 들어갔고, 외부의 도움을 기대하기는 힘든 상황. 이곳에서 자신이 해야만 하는 어떤 일이 있을 거라는 생각이 들었다.

제타가 소리쳤다.

"주군! 저는 위에서 제가 할 일을 찾고 있겠습니다!"

그런데 그때. 귓말이 들려왔다.

-나는 괜찮으니 위에서 대기해. 혹시 무언가가 필요하면 얘기할 테니.

시르티안은 요즘 많이 바쁘다. 내적으로도 외적으로도 할 일이 너무 많다. 그래서 면도할 시간도 별로 없다.

면도를 하지 못해 수염이 더부룩한 시르티안이 인상을 잔뜩 찡그렸다.

"뭐라고……?"

그의 수염이 바르르 떨렸다. 그 모습을 보며 칸트는 여유롭게 말했다.

"최소 700억 골드 이상의 자금이 필요합니다."

"지금 자네 700억이라고 했나?"

"최소요."

"그러니까 최소 700억?"

시르티안의 얼굴이 붉어졌다. 숨이 가빠오는 것 같았다.

"700억이 누구네 집 똥개 이름인 줄 알아!"

저 칸트라는 놈. 행동력과 추진력이 좋은 것은 인정하는데 예산을 미친 듯이 타간다. 한 번은 팬더를 시켜 놈이 제대로 돈을 쓰고 있는 건지, 예산을 허튼 곳에 낭비하고 있는 건 아닌지 감사도 해봤는데 그런 건 아니었다.

"똥개 이름이 아니고, 주군의 본진을 넓히는 작업이죠. 에르페스도 아니고 모르골 제국입니다. 어떻게 맨땅에 헤딩합니까?"

"……."

'맨땅에 헤딩'이라는 말은 올림푸스에서 쓰지 않는 말이다. 베르디를 필두로 하여 '지구'의 언어를 사용하는 것이 스카이데블 측 고위 NPC들의 유행이 되어버렸다.

시르티안의 등에서 식은땀이 흘러내렸다. 자리에 앉았다.

차분히 말을 이었다.

"아니. 칸트. 찢어지게 가난한 집에서 태어나 에르페스를 견제할 수 있을 정도의 어마어마한 세력을 갖추게 된 사람이 자네 아닌가."

"그렇죠."

"어차피 사람 하는 일이 다 비슷하네. 자네야 이쪽 분야의 최고 전문가이니 예산을 좀 더 타이트하게 잡아도 되지 않겠는가?"

칸트가 고개를 절레절레 저었다.

"주군께서 하루빨리 모르골 쪽을 정리하라고 하시던데요?"

"……아니, 그래도 700억은 좀."

요즘 주군께서 너무 바쁘셔서 블랙 스톤도 잘 안 가져오신다. 물론 카를로스 대평야나 헬 하운드 목장. 그리고 수많은 영지들에서 나오는 엄청난 수입이 있기는 하지만 그래도 아낄 수 있을 때 아끼는 게 좋다는 게 시르티안의 생각이다.

"금보다 귀한 시간을 돈으로 사는 겁니다. 장로님."

옆에서 블랙이 한마디 거들었다.

"시르티안 아저씨는 진짜 대범할 줄 알았는데."

칸트와 시르티안이 동시에 블랙을 쳐다봤다.

블랙은 여전히 아름다웠다. 이번에는 무슨 바람이 불었는지 그 긴 머리카락을 밝은 금색으로 염색했는데, 마침 창문을 통해 스며든 바람에 그녀의 머리카락이 찰랑거렸다. 금빛 가루가 흔들리는 것 같았다.

"아니. 복지 지옥은 진짜 대범한 사람이나 할 수 있는 거잖아요. 근데 이제 보니 아니네요."

블랙이 고개를 좌우로 천천히 내저었다. 다른 사람이 아닌, 블랙이라서 할 수 있는 행동이다. 시르티안도 칸트도 블랙의 행동에서 이상함을 느끼지 못했다.

"쩝. 이번 전초 기지만 잘 세워놓으면 돈이 다발로 들어올 텐데. 알죠? 에르페스 예산 규모보다 모르골 예산 규모가 훨씬 큰 거. 땅도 훨씬 넓고. 자원도 많고. NPC랑 플레이어도 훨씬 많아요. 예산 운영은 잘할지언정 투자에는 영 꽝이네요."

시르티안이 흠흠, 헛기침을 했다.

"그건 자네들이 잘 성공했을 때의 이야기고."

칸트는 슬며시 뒤로 빠졌다. 저 짠돌이 영감탱이 시르티안을 구슬리는 것은 자신보다 블랙이 훨씬 잘하는 것 같다. 너무 오래 봐서 남매 같지만, 어쨌든 블랙이 엄청나게 예쁘다는 것을 안다. 저 정도 생긴 여자는 좀 건방지거나 이상하게 말해도 용서된다. 칸트는 그렇게 생각했다.

"무일푼으로도 여기까지 왔어요. 비록 오랜 시간이 걸리기는 했지만. 근데 지금은 달라요. 든든한 자금력이 있고 또 수많은 플레이어들이 우릴 돕고 있어요. 게다가 절대자이신 주군께서 저희 등 뒤에 버티고 있잖아요."

시르티안을 향해 살짝 윙크했다.

"시르티안 아저씨도 있고."

"……."

매일매일 서류 더미와 남자들 틈바구니에서 일만 하던 시르
티안은 블랙의 윙크에 평정심이 약간 흐트러진 듯 보였다.

칸트가 회심의 미소를 지었다.

'저 양반, 미인계에 약하네.'

돈 앞에서라면, 찔러도 피 한 방울 나오지 않을 것 같은 장
로의 마음 벽이 무너지고 있다.

'뭐. 블랙이니까 가능한 거겠지만.'

세상에 블랙보다 예쁜 여자는 별로 없다. 칸트의 기준에서
그건 확실하다. 그런데 블랙보다 예쁜 여자가 와서 같은 말을
한다면, 시르티안은 대뜸 그 여자를 쫓아낼 것이 틀림없다. 시
르티안이 애초에 굉장히 좋게 보고 있는 블랙이라서, 애초에 든
든한 우군이라 판단한 블랙이라서 이런 미인계가 통하는 거다.

칸트가 한마디를 보냈다.

"예산 허투루 쓰는 일은 없을 겁니다. 감사 계속 붙여도 돼
요. 주군을 위하여 쓰는 데, 700억이 아깝다는 말씀은 못 하
시겠죠."

시르티안의 꿈. '복지 지옥'이 조금 멀어졌다. 시르티안은 그
렇게 느꼈다. 칸트의 표현을 빌리자면 짠돌이인 시르티안은 결
국 서류에 사인했다.

"혹시라도 허튼 데 날려먹으면 껍질까지 벗겨먹을 걸세. 이

건 원래 한국의 결손 아동들을 위해 쓰여질 돈이었으니."

블랙과 칸트가 모르골을 향해 출발했다.

한참 뒤.

궁금증을 참지 못한 강재명이 물었다.

"시르티안 님. 하나만 여쭤봐도 되겠습니까?"

"어차피 줄 700억. 왜 그렇게 뜸을 들였냐고? 왜 결손 아동 어쩌고 하면서 뻥을 쳤냐고?"

"……."

강재명도 복지 지옥이라는 그 목표는 동의하지만 지금은 전쟁기다. 일단 복지보다 더 위급한 문제가 있다. 시르티안도, 강재명도 그 사실을 잘 안다. 전쟁 시기에 전쟁 자금으로 쓰여도 모자랄 700억을 결손 아동들을 위해 쓴다? 말도 안 되는 얘기다.

"그래야 돈 귀한 줄 알지. 그냥 팍팍 내주면 그 가치가 너무 떨어진다네. 최소한의 비용으로 최대한의 효율을 뽑아내는 것이 우리 예산쟁이들의 숙명 아니겠나?"

"그건 그렇습니다."

"심지어 그 예산이 주군의 것이네. 주군의 것이니 좀 더 효율적으로 쓰는 것이 맞지. 나는 주군을 위하여 일하는 몸종이니까."

"……."

시르티안이 씨익 웃었다.

"주군의 예산을 허투루 쓰지 않는 것이 나의 의무야. 이번에는 아주 괜찮은 거래였어."

사실 700억이 아니라 1,000억 정도는 예상했다. 그런데 700억
으로 퉁쳤으니 이득 아니겠는가.

"700억으로도 충분히 할 수 있거든. 칸트와 블랙은. 내가 예
상했던 최소치의 최소치가 700억이었으니까."

정말로 최소치만 딱 줬다. 최소의 비용, 최대의 효율. 그것을
이룩했다.

시르티안이 엄숙한 표정으로 고급 언어(플레이어들의 언어)를
토해냈다.

"개이득."

한주혁은 중력파가 느껴짐과 동시에 제타를 밀어냈다. 알림
이 들려왔다.

-'심연'의 힘이 '절대자'를 만나기 원합니다.
-'심연'의 힘이 '절대자'를 시험합니다.

한주혁은 계속해서 밑으로 떨어져 내렸다. 그사이 한주혁
은 엄청난 중압감을 견뎌내야만 했다.

'몸이 터질 것 같은데.'

위험한 수준은 아니지만 불편함을 느낄 정도는 됐다. 자신이 아닌 다른 누군가가 이 상황에 처했다면 아마 온몸이 찌그러져 죽었을 것이다. 마치 빈대떡처럼 말이다.

지하 공동을 지나 '심연' 속으로 빨려갔다.

심연. 지하 공동 아래에 있는 거대한 구멍이다. 예전 제타의 보고 때와는 달랐다. 심연의 지름이 약 1,000미터는 되어 보였다.

-'심연'에 입장합니다.
-'심연'을 통과합니다.
-'심연'의 시험이 진행됩니다.

순간, 눈 깜짝할 사이에 '심연'의 입구가 작아졌다. 마치 한주혁의 몸을 집어삼키려는 듯, 아가리를 닫는 뱀 같았다.

지름 1,000미터에 달하던 '심연'의 지름이 급속도로 줄어들기 시작했다. 한주혁도 그걸 분명히 느꼈다.

그때, 저 위에서 목소리가 들려왔다.

"주군!"

제타는 무사한 것 같다. 아무리 제타라고 해도 이곳에 딸려 들어왔으면 몸이 성치 않았을 거다. 안심하라는 귓말을 보내줬다.

-나는 괜찮으니 위에서 대기해. 혹시 무언가가 필요하면 얘기할 테니.

'버퍼링이 있어?'

권능의 귓말이 전송되는 데 시간이 좀 걸렸다. 아무래도 이 강력한 중력파가 귓말 전송까지도 방해하는 것 같다.

어느덧 '심연'의 더욱더 작아졌다. 이제 겨우 지름 30미터 정도.

'까딱하면 짜부되겠네.'

한주혁은 차분하게 주변을 한번 둘러봤다. 이제 지름 10미터. 눈 한 번 깜빡하면, 이제 '심연'은 사라질 거다.

한주혁이 입을 열었다.

"깨져라."

순간 쨍그랑! 하는 큰 소리가 들려왔다.

쩌적- 쩌저적-!

무엇인가가 금이 가는 소리도 연속해서 들렸다.

좁혀오던 '심연'의 구멍. 벽들에 거미줄처럼 금이 가기 시작했다. 마치 유리로 이루어져 있던 세상이 깨지듯, 모든 것이 깨져 버렸다.

한주혁이 피식 웃었다.

"환상 마법진."

방금 그것은 환상이었다. 처음에는 느끼지 못했는데 어느 정도 시간이 지나자 알 수 있었다. 이것은 현실과 완전히 똑같은 환상이었다.

한주혁이 제자리에서 몸을 돌렸다. 머리를 아래로. 다리를 위로. 마치 '심연' 속으로 다이빙하는 것 같았다.

"여기는 하늘로 흐르는 강의 근원이니까."

이곳의 강은 하늘로 흐른다. 위로 흐른다는 얘기다.

"나도 위로 가는 게 맞겠지."

기준점을 반대로 생각하면 쉽다. 지하 공동을 통해, 심연으로 떨어졌다. 계속해서 아래로 떨어져 왔다. 그런데 반대로 생각하면?

"하늘로 흐르는 강. 그 필드가 땅. 이곳이 하늘이라면 지금의 내 모양새가 맞을 거야."

필드를 거꾸로 뒤집었다 생각하면 편하다. 그러면 이제는 떨어지는 것이 아니라 상승하는 것이 된다. 더 깊었던 곳이, 더 높은 곳이 되니까.

육체적으로 느껴지는 모든 느낌이 '아래로 떨어지고 있다'고 말해주고 있지만 사실 이 모든 것들은 환상이다. '심연'이라는 이름도 함정이다. 실제로는 하늘로 향하고 있다. 하늘로 흐르고 있는 거다.

"땅속으로 꺼지는 게 아니라, 하늘로 솟구치는 거라……."

조금씩 눈앞이 밝아오기 시작했다. 어느새 떨어지는 느낌이 아니라 솟구치는 느낌을 받게 됐다. 아주 자연스럽게. 그렇게 변했다. 하늘로 향하는 느낌이다.

"재미있네."

한주혁이 말을 이었다.

"역시 네가 이 필드의 주인이었나?"

7장
또 하나의 계약

한주혁이 바로 앞을 쳐다봤다.

"역시 네가 보스였나?"

어느새 주변은 완전히 밝아져 있었다. 한주혁은 현재 물 위에 둥둥 떠 있는 상태. 한주혁의 발밑으로는 형형색색의 물고기들이 무리를 지어 돌아다니고 있었다.

또 다른 사람이 에메랄드빛 바다 위에 서서 한주혁을 쳐다보고 있었다.

"오랜만이군요."

저 멀리 수평선이 보였다. 에메랄드빛 넘실거리는 물살 끝. 수평선과 맞닿는 그 지점에는, 깊이를 알 수 없을 시커먼 물이 가득했다.

'바다라.'

꽤 괜찮은 설정인 것 같다. 하늘로 흐르는 강. 그 강물이 흐르고 또 흘러, 결국은 바다로 왔다. 드넓은 바다. 현재 한주혁이 서 있는 곳은 투명한 에메랄드빛 바다이고, 속이 훤히 드러나 보일 정도로 맑았다.

'굉장히 얕아 보이는데.'

실제로 깊이는 30미터가 넘었다. 그만큼 물이 깨끗하고 맑았다. 30미터가 넘는 깊이에도, 밑이 훤히 드러나 보일 정도로. 바닥에 깔려 있는 모래와 산호초. 조약돌의 색깔들이 육안으로도 완벽하게 구분이 될 정도였다.

그리고 저 멀리.

'수평선으로부터 무엇인가 오고 있다.'

수평선에서부터 무엇인가가 접근해 오고 있었다. 한주혁은 그것이 무엇인지 알 수 있었다.

"드라칸인가?"

방주 드라칸. 특수한 상황에서만 그 진가를 발휘하는, 한주혁이 아는 한 세계 최강의 무기 드라칸이 이쪽을 향해 천천히 다가오고 있었다.

"맞아요. 드라칸이죠. 당신이 생각보다 너무 일찍 도착하는 바람에 아직 드라칸이 도착하지 않았습니다."

"기다리지."

한주혁은 타락 천사들의 왕. 하리엘의 기감을 살펴봤다.

'내게 적의는 보이지 않고.'

딱히 공격을 할 것 같지는 않다. 드라칸도 아무 때에나 그 힘을 발휘하는 것은 아니니 지금 당장 경계할 필요는 없을 것 같고.

"별로 놀라지 않는군요?"

"하늘로 흐르는 강 위에 바다가 있고. 그 바다 위에 방주가 떠 있는 것이 뭐가 이상하지?"

"마치 이곳에서 저를 만날 것이라 예상이라도 한 것 같군요."

"많은 시나리오들 중 하나였을 뿐."

한주혁이 피식 웃었다.

혹시. 어쩌면, 하고 생각했던 것들 중 하나. '근원'을 통과하면 '하리엘'이 있을 거라는 가정을 하기는 했었다.

"어떻게 그렇게 생각했죠? 하늘로 흐르는 강과 타락 천사들의 왕. 두 개의 연관점이 어떤 것이 있길래?"

한주혁은 직감할 수 있었다.

'알림이 들리지 않는 퀘스트.'

정작 퀘스트를 진행하는 당사자조차도 이것이 퀘스트인지 알 수 없는 비밀 퀘스트. 지금 타락 천사들의 왕, 하리엘은 한주혁 자신에게 퀘스트를 내려준 것과 다름없었다.

한주혁은 차분히 생각했던 것을 꺼내놓기 시작했다.

"알고 있는지 모르겠지만 나는 절대악이라는 칭호로 올림푸스를 시작했다."

"알고 있습니다. 당신의 행적을 낱낱이 꿰고 있으니까."

"나는 성좌로 대변되는 기득권들과 싸워야만 했어. 그들은 성좌. 성스러움을 대변하는 이들이었고. 나는 절대악. 악을 대변하는 클래스였어."

그런데 실상은 반대였다. 모든 것이 거꾸로였다고 해도 과언이 아니었다. '스카이 데블'이라 이름 붙은, 이름만 들으면 무조건 나쁜 것일 것만 같은 이들. 그들을 이끄는 절대악. 이름은 상당히 나빠 보인다.

"이름이 성좌인 놈들은 결코 선하지 않았지."

특권 의식에 찌들어 있던 그들은 올림푸스의 기득권과 결탁하여 현실 인간들의 노예화. 그러니까 신귀족 프로젝트를 진행했었다.

"글자의 정의대로라면 성좌가 선하고, 절대악이 악한 것이 맞잖아."

"정의대로라면 그렇겠지요."

드라칸 방주가 점점 더 가까이 다가왔다. 실제로 그 크기는 거대한 섬과도 같았다. 한눈에 그 크기가 눈에 담기지 않았다. 웅장하다 못해 장엄할 정도의 군함이었다.

"내 지난 시나리오는 모순의 연속이었어. 모순이라는 하나의 키워드가 내 모든 시나리오를 관통하는 하나의 주제라고 할 수 있었겠지."

"모순이라……."

한주혁이 피식 웃었다. 하리엘의 눈동자가 가늘게 변하는 것을 봤다. 아주 사소한 변화였지만, 하리엘은 저 '모순'이라는 말을 꽤 좋게 본 것 같다.

"뭐 쉽게 말하자면 뭐든지 거꾸로 되어 있었다고 하면 편하겠지."

절대악을 관통하는 키워드들. 모순, 거꾸로, 반대……. 그것이 필드명에 녹아 있었다.

더 나아가 마족들과 성족들도 마찬가지였다. '악'을 대변하는 마족들은 오히려 순수했다. 순수하게 자신의 목적을 위해서 사는, 좀 나쁘게 말하면 머저리들에 가까웠다. 그에 반해 성족들은? 흔히들 생각하는 천사의 모습과는 많이 다르지 않았던가.

'모든 것들이 거꾸로였어. 나와 관련된 것들은.'

그것은 이 필드도 마찬가지였다.

"여기서부터 나는 좀 이상하다는 것을 느꼈어."

분명히 떨어졌다. 그런데 거꾸로 생각하니, 떨어지는 것이 아니라 상승하는 것이었다. 기준점을 어디로 잡느냐에 따라 달라지는 것이었다.

"떨어지면서, 아니, 상승하면서 나는 생각했어. '거꾸로' 혹은 '반대'라는 것이 내게 굉장히 중요한 것이라면."

이 '하늘로 흐르는 강'이 굉장히 중요한 필드라면. 더 정확히 말하자면 한주혁 자신의 메인 시나리오와 밀접하게 연관되어 있는 시나리오 필드라면.

"반대와 관련된 어떤 큰 힘이 존재하리라 생각했어."

제6장로 제타의 보고에 따르면 '엄청나게 강력한 힘'이 내재되어 있다고 했다. 한주혁은 그 보고도 놓치지 않았다.

"반대와 관련된 어떤 큰 힘이라면."

한주혁이 하리엘을 쳐다봤다. 어느새 하리엘은 8장의 날개를 펼친 상태였다.

"네 명의 대천사 중 한 명."

그 한 명이 완전히 반대 속성으로 돌아섰다.

"타락 천사들의 왕. 하리엘 네가 이곳에 있는 것이 그리 이상하지 않겠지."

하늘로 흐르는 강. 다시 말해 반대로 흐르는 강. '거꾸로'임을 알아차려야 하는 근원. 그곳 끝에 대천사의 반대. '타락 천사들의 왕'이 있는 것은 그리 이상하지 않은 일이다. 그 왕의 전함인 '방주 드라칸'이 있는 것도.

하리엘이 손을 내밀었다.

"방주로 이동하죠."

한주혁이 그 손을 잡았다. 한주혁과 하리엘의 몸이 두둥실 떠오르는가 싶더니 이내 번쩍! 하고 빛이 터져 나왔다. 마치 워프를 하듯, 한주혁과 하리엘은 방주 안으로 이동했다.

방주 안은 생각보다 안락했다.

"이곳은 손님을 맞이하는 응접실입니다. 단 한 번도 사용해본 적은 없지만."

하나의 커다란 방이었다. 가운데에는 꽤 큰 크기의 동그란 테이블이 있었고 그 위에는 과일들이 여럿 올려져 있었다. 벽면에는 진회색의 소파가 길게 놓여 있었다.

하리엘은 한주혁을 소파로 안내했다.

"잠시 얘기를 나누죠."

한주혁은 재미있다고 생각했다.

'하리엘이 원하는 건.'

하리엘은 절대적인 권력을 원했다. 이 세계. 그러니까 '올림푸스'를 다스리기 원했다. 올림푸스의 왕. 더 나아가 올림푸스의 신이라 불리기를 원했다.

'어쩌면 이것이 정상적인 거겠지.'

이 세계의 절대적인 힘을 가지고 있다. 그렇다면 이 세계를 다스리고 싶어 하는 것이 이상한 일은 아니다.

"당신과의 계약을 원합니다."

"그 계약을 통해 내가 얻을 수 있는 건?"

"당신에게 드라칸 방주의 사용권을 넘기죠."

"……."

한주혁은 순간 멈칫했다.

'드라칸 방주를? 제정신인가?'

드라칸 방주는 등급으로 치자면 '최상위 등급'에 해당하는 병기다. 그러한 병기의 사용권을 넘긴다는 건 있을 수 없는 일이다.

"어떤 제약이 걸려 있지?"

"미리 말했다시피. 올림푸스의 왕은 나여야만 합니다."

설마.

"저는 바깥 세계에는 관심이 없습니다. 바깥 세계의 일은 알아서 하십시오."

하리엘은 이렇게 얘기하고 있는 거다. 내게 올림푸스의 통치권을 달라. 그러면 현실에 드라칸 방주를 전송시켜 주겠다.

"드라칸 방주가 현실로 이동이 가능한가?"

"이곳이 내 세계인 저로서는, 현실이라는 단어가 좀 거북하군요."

"지구라고 하지."

"드라칸 방주는 그 어디로든 이동할 수 있습니다. 제우스의 힘이 닿는 곳, 어디라면."

한주혁이 잠시 눈을 감았다.

제우스의 힘이 닿는 곳이라.

'현실 역시…… 올림푸스 문물이 닿아 있는 곳.'

그렇게 이해하면 될 것 같다. 그리고 여의도에는 '제우스'라 짐작되는 미스터리한 곳이 있지 않은가.

"드라칸 방주는 초정밀 사격도 가능합니다. 8,000미터 이상

상공에서 개미 한 마리까지 쏴 죽일 수 있죠."

"……."

실로 어마어마한 능력이다. 이 세상의 그 누구도 보유하지 못한 막강한 군사력을 손에 얻게 되는 거다.

'전 세계에서 반대할 것 같은데.'

너무 위험한 무기다. 분명한 명분이 없다면, 반입하기 매우 힘든 무기가 될 거다.

그렇지만 또 그만큼의 힘이 있다면 현실에 침입한 NPC들과 싸울 때에 강력한 패가 될 거다.

"내가 원하는 장소에. 원하는 때에. 소환이 가능한가?"

"단, 막대한 에너지가 필요합니다."

"예를 들면?"

"한 번의 소환과 역소환에 블랙 스톤 하나 이상이 필요할 겁니다. 이론값이라서 정확하게는 모르겠지만."

차라리 잘됐다. 소환과 역소환이 자유롭다면 이용하는 데 제약이 거의 없을 거다.

'그런데.'

이런 최상위 등급에 속하는 무기를 아무런 조건 없이 줄 리는 없다.

'이걸 나한테 먼저 제안했다는 건.'

저쪽도 분명 무엇인가를 얻을 수 있기 때문일 거다. 겉으로는 여유롭지만 속으로는 바짝 타들어 가고 있을 거다.

'그게 뭐지?'

지금 하리엘이 말한 조건도 나쁘지는 않다. 하리엘이 올림푸스를 정복하든 말든, 그런 건 상관없다. 적어도 지금의 NPC들이 지배하는 것보다는 훨씬 나을 것 같다. 시스템상으로도 자신과 같은 쪽 아니겠는가. 굳이 따지자면 '악' 쪽 말이다.

"근데 말이야."

"말씀하시죠."

"드라칸 방주를 제대로 운용하기 위해서는 대천사 네 명의 승인이 필요하다고 했어."

"……."

하리엘의 표정이 조금 굳었다.

"올림푸스를 지배하기 위해서는 드라칸 방주를 잘 사용해야 할 텐데."

올림푸스라고 말을 하는 것에는 인간들뿐만 아니라 성족들, 그리고 마족들까지 포함일 거다.

"결국 내 승인 없이는 사용이 불가능한 거잖아?"

나머지 대천사들의 정수를 먹었다. 정수를 먹었다는 것만으로 승인 권한이 생기는 건지는 모른다. 그냥 던져봤다.

'맞네.'

하리엘의 표정을 보니 맞는 것 같다.

'나한테 승인 권한이 있어?'

몰랐던 사실인데 아주 좋다.

.

"정수를 먹으면 승인 권한이 생기는 거고. 그걸 달리 말하자면 내가 이 자리에서 널 죽이고 정수를 섭취하면?"

"……"

하리엘은 순간 할 말을 잃었다. 이 정도 조건이면 절대악이 옳다구나 하고 받아들일 줄 알았다. 저렇게 나올 줄은 몰랐다.

"지금 이곳 드라칸의 바다에서는 드라칸이 얼마든지 당신을 공격할 수 있습니다. 드라칸은 내부에 침입한 적도 얼마든지 사냥할 수 있어요."

저 말이 거짓은 아닐 것 같다. 드라칸의 힘은 이미 경험해 봤으니까.

"하지만 넌 날 못 죽여. 날 죽이면 드라칸은 영영 사용할 수 없을 테니까."

"……"

하리엘은 침착하게 대꾸했다.

"원하는 것이 뭐죠?"

겉으로는 침착했지만 속은 타들어 갔다. 사악하기로는 인간들이 가장 사악하다더니. 필시 이놈은 사막에서도 모래를 강매할 놈이다.

한주혁이 말했다.

"이건 제안이 아니라 내게 하는 부탁이야. 나는 내 힘만으로도 충분히 NPC들을 상대할 수 있거든. 나는 아쉬운 게 없고. 너는 아쉬운 게 있지. 정당한 협상은 될 수 없어."

나는 갑이고. 너는 을이니까. 그런데 그런 주제에 온갖 시험을 통해 이 자리까지 오게 만들었다. 어쩌면 그 모든 것들이 '이렇게 힘든 시련들을 통과해 왔으니 좋은 보상을 얻겠지'라고 착각하게 만들기 위함이었을지도 모른다.

'그래. 이건 아니지.'

제발 저와 계약해 주십시오, 하고 선물 보따리 들고 찾아와도 모자를 판에 말이다. 잘못되어도 한참 잘못되었다.

한주혁이 씨익 웃고서 말을 이었다.

"이제부터 계약은 내가 주도한다."

날강도 같은 절대악의 눈빛에, 하리엘의 등에서 식은땀이 흐르기 시작했다.

'거꾸로'의 정점에 서 있는 타락 천사들의 왕. 하리엘의 등 뒤에서 식은땀이 흘러내렸다. 그의 날개가 바르르 떨렸다. 깃털들이 미세하게 진동하기 시작했다.

'표정이……'

하리엘은 그 어떤 인간에게서도 저런 사악한(?) 기운을 느껴본 적이 없다. 마치 탐스러운 먹잇감을 눈앞에 둔 맹수 같았다.

'아니.'

먹잇감이 아니라 장난감을 발견한 것 같은 느낌이랄까. 물론 여기서의 장난감은 자신이다. 타락 천사들의 왕. 발포 한 번으로 대천사 세 명을 죽여 버린 하리엘 말이다.

'누가 타락한 자인지 모르겠군.'

그의 속마음을 아는지 모르는지 한주혁이 말을 이었다.

"네가 말하는 지배가 뭐지?"

"모든 이가 나를 경외하고 경배하는 것입니다."

한주혁이 고개를 끄덕였다.

"그래."

한주혁이 고개를 너무나 순순히 끄덕이자 하리엘은 이상한 기분이 들었다. 뭐랄까. 형용할 수는 없지만 함정에 빠지는 것 같은 기분이랄까.

"그거. 하게 해줄게."

한주혁의 머릿속에 그림이 그려졌다. 하리엘을 이 세계의 지배자로 세울 수 있을 것 같다.

"계약 조건을 말하지."

한주혁이 상세한 이야기를 꺼내놓았다.

"올림푸스 내의 인간들을, 정의로운 명분 없이 죽이거나 곤경에 처하게 만들지 말 것."

하리엘은 의외라는 듯 한주혁을 쳐다봤다. 절대자의 입에서 저런 말이 나올 줄은 몰랐다.

'정의로운 명분 없이라.'

타락 천사들의 왕에게 '정의로운 명분'이라는 말이 어울릴지는 모르겠으나 하리엘도 저 말에는 동의했다. 그 역시 생명의 무게를 가볍게 취급하지는 않는다. 더더군다나 지성을 가진 인간들의 생명이라면.

"동의한다."

하리엘의 표정에 일말의 희망이 생겨났다. 지금 보아하니, 절대자는 영웅 흉내를 내는 것이 아니라 진정한 영웅의 면모를 가지고 있다. 첫 번째로 내건 조건에서부터 인류애가 폴폴 풍겨져 나오고 있지 않은가.

"둘째. 인간들은 현재 전쟁 중이다. 너는 나를 돕는다."

"……."

하리엘은 잠시 생각에 빠졌다.

'인간들의 전쟁에 끼어들라고?'

예전에 대천사들은 인간들을 이용했었다. 천사들은 인간들을 하위 존재로 인식한다. 그런데 지금은? 하위 존재나 상위 존재의 개념이 아니다. 협력자. 혹은 동지의 개념으로 인간들의 전쟁에 끼어들라는 거다. 타락 천사들의 왕. 하리엘에게는 자존심 상할 수 있는 얘기다.

"인간들의 전쟁이 아니라, 당신의 동료로 참여하지."

한주혁이 어깨를 으쓱했다. 그게 그 말이다. 어차피 하리엘을 다룰 수 있는 사람도 자신뿐이다.

하리엘이 왜 저렇게 말을 하는지 대충 이해는 했다.

'그래 뭐.'

드라칸을 실질적으로 소유하고 있는 놈이다. 저 정도 비위는 맞춰주기로 했다. 어차피 첫 번째와 두 번째 이야기는 비교적 상식적이고 합당한 얘기. 쉽게 말해 미끼였으니까.

"셋째. 너는 내가 드라칸 방주 사용을 원할 때에 반대할 충분한 권한을 가지고 있다."

하리엘의 눈이 커졌다.

'내 불길함은 잘못되었던 것인가?'

절대자가 진정한 영웅이긴 영웅이란 말인가. 가진바 힘. 그리고 자신의 유리한 이점을 토대로 말도 안 되는 조건들을 내걸 줄 알았는데 아니었다. 오히려 이쪽의 권리까지 챙겨주고 있다.

한주혁의 눈이 가느다랗게 변했다.

'한국말은 끝까지 들어봐야 알지.'

"단, 네가 한 번 거절할 때마다 나는 이유를 불문하고 두 번을 거절하겠다."

"……."

하리엘이 눈을 크게 떴다.

"그, 그건……."

"세 번."

"……."

하리엘이 동의하지 않자 한주혁이 어깨를 살짝 으쓱하고서 말했다.

"네 번."

이유를 불문하고 네 번을 반대한다. 이건 오로지 한주혁의 마음이다.

"싫으면 계약 안 해도 그만이다."

어차피 급한 건 저쪽이다. 이쪽이 아니다. 한주혁은 느긋하게 기다려 주었다.

하리엘의 날개가 또다시 바르르 떨렸다.

'잠시나마 좋은 놈이라 생각했다.'

이유를 불문하고 무려 네 번을 거절하겠단다. 이 말은 곧, '너는 절대 반대하면 안 될 거야'라고 말을 하는 것과 다름이 없다.

"네가 거절하지만 않으면 나도 어지간하면 거절하지 않을 거야."

"동의합니다."

"아 참. 방주 이용의 우선권은 나한테 있다?"

"……."

이건 칼만 안 들었지 강도나 다름없다.

하리엘은 자포자기한 듯 고개를 끄덕였다.

'드라칸 방주를 함께 사용할 일은 별로 없을 터.'

우선권이란 건 그런 거다. 같은 시기에 드라칸 방주를 쓰고 싶은 경우. 그때 한주혁이 먼저 쓸 수 있다는 얘기다. 드라칸의 어마어마한 화력을 감안하면 두 사람이 동시에 방주를 써야 할 일은 별로 없을 거다.

"그리고 정말 중요한 건 이건데."

한주혁이 '진짜 본론'을 꺼내 들었다.

"피고에게 징역 40년을 선고합니다."

김만석 판사는 속이 다 후련했다. 피고인은 자신이 술을 마셨었다면서, 억울함을 호소했지만 지금 상황에서 그런 변명은 통하지 않았다.

"지금 피고는 억울해야 하는 게 아니라, 미안해야 하는 게 맞습니다."

변호사가 고개를 떨구었다. 이 재판은 이제 승산이 없다. 음주로 인한 심신 미약? 이제는 의미 없는 시대가 되었다. 그것도 모르고 저 빌어먹을 50대 후반 남성. 그러니까 자신이 변호해야만 하는 대상인 조갑철은 법정에서 고래고래 소리를 질렀다.

"무슨 판결이 이따위야! 이건 말도 안 된다고!"

자신은 그저 어린 여자아이에게, 언젠가 맛볼 남자의 맛을 알려줬을 뿐이다. 후회는 없었다. 음주로 인한 심신 미약. 끽해야 5년 정도 살고 나오겠지, 뭐. 그렇게 생각했다. 그런데 40년이라니. 들어가면 죽을 때까지 못 나온다고 봐야 했다.

김만석 판사는 고개를 절레절레 저었다.

'시대가 어느 시대인데.'

하루가 지날 때마다 세상이 변하고 있다. 당연하게도, 그 변화의 중심에는 절대악이 직접 전 세계에 내린 명령. 전 세계의 사법 정의를 바로 세우라는 그 폭풍과도 같은 언어가 있었다.

'예전 같았으면 어림도 없었지.'

아동 성폭행범에게 40년형? 있을 수 없는 일이다. 예전 같았으면 너무 과한 형벌이다. 하지만 절대악은 음주 운전과 성폭행에 대해 특히 엄격한 입장을 내비쳤다.

절대악이 그렇게 말하자 폭풍 같은 여론의 힘이 더해졌다. 법 제정은 굉장히 쉽고 빠르게 이어졌고, 아동 성폭행범인 조갑철에게 40년형이 떨어졌다.

'나 잘한 거겠지?'

성폭행범에게 40년형을 내린 판사는 자신이 처음이다. 그것도 음주로 인한 심신 미약을 주장하는 상대에게 40년을 때렸다.

김만석 판사도 딸을 키우는 입장이다. 딸이 이제 겨우 7살이다. 7살짜리 딸이, 그런 끔찍한 일을 당했다고 생각하면 천불이 치솟았다.

'40년도 너무 짧아.'

미국처럼 수백 년은 때리고 싶지만 아직 한국은 그 정도까지는 아니었다.

'그래도 절대악 덕택에 조금씩 변해가고 있으니……'

그렇게 멀지 않은 미래에, 한국의 사법 정의가 바로 설 수 있겠다는 막연한 희망이 생겼다.

절대악이 등장하고 겨우 1년 만에 한국 사회가 많이 변화되었다. 세계의 많은 사람들이 정화되었다고 표현한다. 이제는 개천에서도 용이 날 수 있으며, 노력하면 노력한 만큼의 납득할 수 있을 정도의 보상이 따라온다. 더 이상 대연합의 노예로 살지 않게 되었고, 저녁이 있는 삶을 어느 정도 보장받게 되었다.

'케이크나 좀 사 가야겠다.'

딸은 생크림 케이크를 좋아한다. 케이크를 보며 '아빠! 다녀오셨어요!'를 외칠 딸내미를 생각하니 벌써부터 싱글벙글 웃음이 피어올랐다.

'어?'

그런데 그 웃음은 오래가지 못했다. 잠깐 어지러웠다. 하늘이 보였다.

툭!

무엇인가가 땅에 떨어졌다.

데구르르.

땅에 떨어진 무엇인가가 굴러갔다.

'뭐지?'

어지러웠다. 그는 알 수 있었다. 땅에 구르고 있는 것이, 다름 아닌 자신이라는 것을. 더 정확히 말하자면 자신의 머리였다는 것을.

자신의 몸이었던 것이 분명한 신체가 왼손에 케이크를 든 채 자리에 굳었다. 머리를 잃은 몸인데, 이상하게 넘어지지 않았다.

'춥다.'

춥다고 느꼈다. 아프지는 않았다. 아동 성폭행범에게 40년 형을 내린 판사 김만석은 47세의 나이로 사망했다.

아빠의 퇴근을 기다리던 7살 김샛별은 그날 이후로 아빠를 보지 못했다.

한주혁이 말했다.

"싫으면 관둬."

손가락으로 하리엘을 가리켰다. 하리엘은 한주혁의 능력을 대충 안다. 정확하게 그 끝이 어디인지는 몰라도, 적어도 데미 안에 견줄 정도는 된다는 것을 안다. 그리고 손가락으로 자신을 가리키는 저 행위로 인하여, 자신이 죽을 수 있다는 것도 안다.

"다 귀찮으니 너를 죽이고 정수를 빼 먹지 뭐."

"……하겠습니다."

한주혁이 고개를 끄덕였다.

"그래. 그 콧대 높은 서열 1위의 데미안도 충성 서약을 맺었어. 그러니까 너무 자존심 상해하지는 마."

"……."

"대신 이 세계에 군림할 수 있도록 해줄게. 네가 원하는 것이 경외와 경배라면."

타락 천사들의 왕 하리엘은 경외와 경배를 원했다. 그 정도는 어렵지 않다. 신격화시키면 된다.

한주혁에게 알림이 들려왔다.

-타락 천사들의 왕. 하리엘이 충성 서약을 맺기 원합니다.

한주혁은 쾌재를 불렀다. 데미안이 사라진 지금. 자신을 제외하고서 세계에서 가장 강한 존재를 꼽아보자면 역시 타락 천사 하리엘이다. 하리엘을 이제 수족으로 부릴 수 있게 됐다.

'배신할 염려가 없어지는 것만으로도. 충성 서약서는 그 가치가 충분하지.'

배신을 할 수 없다.

'또 몰라. 타락 천사들의 왕이니까.'

특기가 배신이라 친다면 충성 서약서에 이름을 올려놓고서도 배신을 할 수 있지 않겠는가.

'상관없어.'

어쨌든 지금은 '드라칸'을 얻었다. 그것도 현실에서 소환이 가능한 전천후 폭격 방주를 말이다.

'내가 얻었던 아이템들 중 가장 파괴력이 강한 아이템이 되겠네.'

12대 초인의 아이템을 훨씬 능가하는, 최상위 등급 명령에 해당하는 공격을 할 수 있는 최강의 아이템을 손에 넣었다.

모르골 제국의 칸트와 장로들은 한주혁의 명령을 착실하게 수행해 나가고 있었다.

칸트는 그 능력을 발휘하여 모르골 제국의 중심을 향해 조금씩, 조금씩 접근했다. 칸트에게 점령당한 곳의 NPC들이 오히려 칸트의 편으로 돌아서는 기현상까지 벌어졌다.

결국 모르골 제국은 칸트와 장로들을 대놓고 신경 쓰기 시작했다. 칸트와 장로들의 예상 이동 경로를 틀어막고, 그쪽으로 전력을 급파했다. 장군급 이상의 NPC들은 이제 마음대로 움직이지 않았다. 최상위급 NPC들은 함부로 나서지 않고서, 중요한 길목과 요새를 지키기 시작했다. 그만큼 모르골도 칸트와 장로들을 가벼이 여기지 않는다는 뜻이었다.

칸트와 장로들이 양지에서 움직였다면, 블랙은 음지에서 움직였다. 비밀리에 정보들을 모으고 몰래 황성까지 도달했다. 누군가를 데리고 이동할 수는 없지만 혼자서 황궁까지 가는 것은 가능했다. 굳건해 보이는 성벽에도 개구멍이라는 것은 존재하게 마련이다. 블랙의 특기가 바로 그 개구멍을 만들거나 찾아내는 것.

황궁을 둘러본 블랙은 이를 악물고 뛰었다.

'이 사실을 알려야 돼.'

블랙의 움직임이 어딘가 부자연스러웠다. 왼쪽 팔이 움직이지 않았다. 그녀의 왼쪽 팔에서는 하얀 김이 새어 나오고 있었다.

'조금만 늦었어도 죽었어.'

왼팔에서 올라오는 냉기는 정말로 지독했다. 당장에라도 어깨를 넘어서 심장까지 얼려 버릴 것 같았다. 이대로는 정말 죽을 것 같았다.

'어쩔 수 없나.'

블랙은 자신의 가슴을 그러했듯, 스스로 왼팔을 잘라 버렸다. 어쩔 수 없었다. 이렇게 하지 않으면 왼팔을 좀 먹고 있는 냉기가 온몸을 얼려 버릴 것이 분명했으니까.

블랙은 달리고 또 달렸다. 그 대단하다는 대도. 블랙의 숨이 턱밑까지 차올랐다.

'주군이…… 위험하다.'

이 위험을 알려야 했다. 그런데 그때. 목소리가 들려왔다.

"제법 빠르구나."

꽈득- 꽈드드득.

이상한 소리가 들리기 시작했다. 블랙은 저도 모르게 발밑을 내려다보았다. 발밑부터 얼음이 올라오고 있었다.

'도대체 어느새!'

블랙은 더 이상 말을 할 수 없었다. 온몸이 얼어붙어 버렸다. 그녀의 몸이 얼음 속에 갇혀 버렸다.

'주군께…… 주군께 알려야 해!'

블랙의 소망은 한주혁에게 닿지 않았다. 블랙은 움직일 수
없었다.

얼음에 갇힌 그녀의 의식이 멀어져 갔다.

8장
얼음 군주 세이비안

그는 방금까지 사람이었던 얼음 조각을 살펴봤다.

"흠."

얼음 속에 갇힌 여자의 모습은 참으로 아름다웠다.

"아름답군."

투명한 얼음 속에 갇힌 여자의 머리카락은 찬란한 금발. 찬란하다는 표현이 아깝지 않았다.

"아름다워."

그는 입술을 혀로 핥았다. 오늘은 간만에 마음에 드는 얼음 동상을 만들어낸 것 같다.

"내 것에 그렇게 흠집을 내면 안 되지."

그는 블랙이 스스로 자른 왼팔을 집어 들어 얼음 조각에 가져다 댔다. 놀랍게도 그 왼팔은 자연스레 얼음 속으로 스며들었다.

스며든 왼팔이 그녀의 어깨에 붙었다.

"완벽해."

그는 블랙의 턱 쪽을 손가락으로 훑었다. '핥았다'라는 표현이 어울릴 만큼, 부드럽게 쓸어내렸다.

그가 명령했다.

"내 창고에 옮겨놓도록."

순간 바사삭- 소리와 함께 냉기 결정체들이 모이기 시작했다. 얼음 동상들이 생겨났고, 인간과 제법 비슷한 형태를 한 그 동상들이 블랙을 옮기기 시작했다.

그 뒷모습을 바라보면서 그는 황홀한 듯 중얼거렸다.

"아름다워."

강재명은 청와대로부터 연락을 받았다. 더 정확히 말하자면 경찰청에서 넘긴 자료였다.

"이건……."

강재명은 이 사건을 스스로 판단할 수 있는 사건이 아니라고 생각했다. 즉각 한주혁에게 보고를 올렸다.

한주혁은 경찰도 아니고 정치인도 아니지만 조해성 대통령과 경찰청장조차도 이 사건은 한주혁에게 보고하는 것이 먼저라고 생각했다.

한주혁이 인상을 찡그렸다.

"언제 일어난 거죠?"

"어젯밤에 일어난 사건입니다."

"천천히 재생해 주세요."

다시 한번 천천히 재생했다.

한주혁은 영상을 몇 번이나 돌려봤다. 몇 번이나 돌려본 결과 하나의 결론을 얻을 수 있었다.

'NPC가 침입했다.'

NPC가 틀림없었다. 올림푸스 세계처럼 정확하게 NPC와 플레이어가 구분되어 있는 건 아니었다. 그렇지만 플레이어가 현실에서 저런 능력을 구사할 수 있을 리는 없다.

강재명이 말했다.

"목이 잘린 것도 잘린 것이지만······ 몸이 급속도로 냉각되었습니다."

어떤 힘을 사용한 것인지는 잘 모른다. 다만 피해자인 김만석 판사의 몸이 완전히 얼어붙었다. 어떻게 언 것인지는 몰라도 냉동 상태는 풀리지 않는단다.

"절단면이 순식간에 얼어서 피 한 방울 나지 않았다고 합니다."

"······."

한주혁도 화면으로 봐서 안다. 이미 알고 있는 사실을 말로 전해 들으니 조금 더 충격이 컸다.

"NPC가 결국 진출했군요."

"……절대악께서도 그렇게 판단하셨군요."

"태르민의 선례가 있으니까. 불가능한 일은 아닙니다."

그런데 이제는 태르민 혼자가 아니다. 또 다른 누군가. 괴이한 능력을 가진 남자 하나가 더 넘어왔다.

'태르민은 아니겠지.'

주도면밀한 태르민이었다면 주변의 CCTV도 없앴을 것이다. 그리고 이렇게 의미 없이, 아무런 죄도 없는 일반인을 죽이지는 않았을 거다.

"절대악께서는 어떻게 보십니까?"

"어찌어찌 현실로 넘어올 수 있는 힘을 가진 NPC가 이곳에서 한번 자신의 힘을 실험해 본 것 같네요. 혹시 추가 피해가 있습니까?"

"아직까지 알려진 것은 없습니다."

만약 저 NPC가 정말로 제대로 된 힘을 가지고 현실에 강림했다면, 그래서 그 힘을 자유자재로 사용할 수 있다면, 피해는 저 정도에서 그치지 않았을 거다.

"NPC들의 기술은 아직 완벽하지 않습니다."

완벽했다면.

"저번처럼 제대로 선전 포고를 했겠죠."

저들이 원하는 것은 인류가 공포에 빠져드는 것이다. 힘을 하나로 합치지 못하고, 두려움에 떨면서 점점 노예화되어 가는 것. 태르민은 그것을 노렸었다. 저토록 괴이한 힘을 가진, 인간의 기준으로 보면 괴물인 남자를 지구로 보내놓고서는 잠 잠할 리는 없다.

'얼음과 관련된 NPC라.'

누가 있을까.

'한국으로 넘어와 이런 짓을 벌일 만한 NPC.'

배신한 7급 장군 초운에게 받았던 정보들을 떠올려 봤다.

'설마.'

장군급 NPC. 그중에서도 3급 이상의 NPC들은 궤를 달리 하는 '초인'들이라고 했다.

한주혁은 '초인'이라는 것을 이미 알고 있다. 비록 스킬을 사 용한 것이기는 하지만, 초인의 영역에도 발을 들인 적이 있었고.

'3급 장군. 얼음 군주 세이비언.'

확실하지는 않지만 가장 유력한 용의자라 할 수 있다.

"청와대 측에서는 이 사실을 일단 비밀로 하는 것이 좋겠다 고 판단을 내렸다고 합니다."

"저도 그렇게 생각합니다."

아직 밝혀진 것이 아무것도 없다. 강력한 힘을 가진 NPC들이 지구로 넘어와서 인간을 죽였다? 그리고 그 힘을 가진 NPC들이 몰려올 수도 있다? 지금 알린다고 해서 딱히 좋을 것이 없다. 일반인들이 대비를 할 수 있는 것도 아니고.

한주혁이 말했다.

"가장 유력한 용의자를 알 수도 있을 것 같습니다. 조금 더 확인이 필요하겠지만."

⁘

조해성 대통령은 시름에 가득 찬 얼굴로 의자에 앉아 볼펜을 만지작거렸다.

"절대악과 연락은 되었습니까?"

"예. 방금 강재명 실장을 통해 연락 왔습니다."

"뭐라고 했죠?"

"NPC일 확률이 높다고 판단했습니다."

"역시."

절대악에게 확인을 받았다. 절대악도 그렇게 생각한다면, 아마도 NPC일 확률이 매우 높을 것이다.

"태르민의 선례로 살펴보았듯, NPC들이 현실로 넘어오는 것이 아예 불가능한 것은 아니라고 말했습니다."

"그렇겠죠."

절대악이 무언가 희망찬 말을 해주지는 않았을까. 조해성은 볼펜을 책상 위에 내려놓고서 비서실장의 다음 말을 기다렸다.

'절대악'이라는 단어가 가지는 힘이 그렇다. 무언가, 어떤 희망적인 것을 기대하게 만드는 단어다. 지지율 0에 가까웠던 후보를 단숨에 대통령으로 올려놓을 수 있을 정도의 기적적인 단어.

"NPC들의 한계에 대해서 짚어주었습니다."

"한계?"

"예. 아직 그들의 기술이 완성되지 않았다고 합니다."

조해성의 표정에 가득 쌓인 수심이 조금은 옅어졌다. 조해성과 참모진도 그렇게 판단은 했지만, 확실한 정답지를 통해 채점을 받은 것 같은 기분이 들었다.

"또 무엇을 말했습니까?"

절대악이라면. 조금 더 결정적인 무엇인가를 말해줬을 것 같다.

"또한 유력한 용의자를 지목해 주었습니다."

"용의자까지요……?"

조해성이 침을 꿀꺽 삼켰다. 사람의 목을 순식간에 잘라 버리고, 그 단면을 급속도로 냉각시켜 버리는 괴이한 능력을 가진 '것'의 정체를 알 수 있는 것인가.

"모르골 제국 소속 3급 장군 세이비언. 그일 확률이 높다고 합니다. 그의 별칭이 얼음 군주라 합니다."

"얼음 군주. 세이비언……."

아닐 거라고 믿고 싶다.

3급 장군. 올림푸스 세계에서도 초인이라 불리는 이들이 등장하기 시작했다. 그런데 그런 초인이 현실에서 물리력을 행사한다? 끔찍하다. 올림푸스 내에서의 능력을 그대로 현실에서 사용할 수 있다면 재앙이 벌어질 것이다.

'그래도……'

과연 절대악은 절대악이었다. 용의자를 지목하는 수준까지 왔다. 더 나아가 절대악이 그것을 확인해 주겠다고 했다.

'그래.'

주먹을 불끈 쥐었다. NPC들이 아무리 강해도 절대악에게는 어쩔 수 없을 것이다. 그 강대하다던 모르골 제국도 지금 절대악을 상대하느라 정신없지 않은가.

'우리에게는……'

절대악이 있다. 다른 말로 하자면.

'희망이 있다.'

한주혁이 존재하는 한 절대로 꺼지지 않을 희망의 불씨가 자리 잡고 있다. 그 희망의 불씨는 '절대악 폭풍'이라고 불리기도 하고 '절대악 열풍' 혹은 '절대악 이펙트'라고 불리기도 한다.

"우리도 우리 나름대로 준비를 합니다. 사건을 좀 더 정밀히 분석하고 놈이 어디에서 어떻게 튀어나왔는지 파악합니다. 절대악에게 도움이 될 수 있을 것들을 준비하도록 합니다."

조해성의 눈빛이 깊게 가라앉았다.

'대한민국의 판사가 죽었다.'

가만히 있을 수는 없다. 조금 더 명확하게 밝혀진 후 언젠가 이 사건을 사람들에게 알려야 할 때. 그때 조해성은 당당하게 말할 것이다.

'아니. 대한민국의 국민이 죽었다.'

국민의 죽음을 결코 헛되이 하지 않을 것이다. 억울한 죽음을 결코 그대로 두지 않을 것이다.

"우리도 우리의 힘으로, NPC들과의 전쟁을 준비합니다."

언제 있을지는 모르지만 전쟁이 벌어질 수 있다. 바로 이 땅 한국에서. 한국에서 벌어질 수도 있는 전쟁. 피하고 싶지만 피하지 않을 것이다. 절대악을 도와 전쟁에 함께할 것이다.

"알겠습니다. 군부대에 명령을 내릴까요?"

"일단은 비밀스럽게. 상급자들에게만 조용히 전달하도록 하지요. 일단은."

억울하게 죽은 이의 죽음. 대한민국 국민의 죽음을 결코 좌시하지 않을 것이다.

"저는 우리나라. 우리 대한민국 국민의 목숨을 앗아간 놈들을 결코 용서하지 않을 겁니다. 그의 조국이 그의 죽음을 외면하지 않았다는 것을, 그의 가족들과 우리 국민들에게 엄숙히 약속할 것입니다."

다시 한번 다짐했다. 절대로 그놈을 용서하지 않을 것이다. 절대로 두려움에 휩싸여 전쟁을 피하지는 않을 것이다.

'절대로.'

올림푸스에 접속한 한주혁이 이를 바드득 갈았다. 칸트에게 전달된 하나의 영상 때문이었다.

영상은 '영상 기록 스톤'에 저장되어 있는 홀로그램 영상이었다.

칸트는 분노한 가운데, 몸을 떨었다.

'주군의 분노가······.'

주군은 지금 분노하고 있다. 그런데 그 분노의 크기를 감히 짐작할 수가 없다. 주변의 마나가 요동친다. 마치 심해에 빠진 것만 같은 아득한 느낌을 받았다. 그 끝을 알 수 없는 깊은 마나의 수렁이 블랙홀처럼 자신을 빨아들일 것만 같은 느낌.

'깊다.'

주군의 분노는 끝을 알 수 없을 정도로 깊고 어두웠다. 칸트조차도 식은땀을 흘리며 몸을 부르르 떨었고, 7급 장군 초운은 괜히 무릎을 꿇고 바닥에 엎드렸다.

'주, 죽는다.'

한주혁이 초운을 향해 살기를 품은 것이 아님에도 불구하고 초운은 그렇게 느꼈다. 감히 마주할 수 없는, 아니, 마주하면 안 되는 재앙과 마주한 느낌을 받았다. 분노한 절대자는 그러했다.

절대자가 말했다.

"이 새끼. 얼음 군주 세이비안이 맞나?"

"예, 예. 맞습니다. 얼음 군주 세이비안이 틀림없습니다. 먼발치에서 한 번 본 적이 있습니다."

사, 살려주세요. 초운은 그렇게 말할 뻔했다. 겨우 입을 다
물었다. 괜히 살려달라고 말을 했다가 절대자를 더 자극할 것
같다. 입 다물고 가만히 조아리고 있는 것. 그것만이 살길이라
고 느꼈다.

얼음 군주 세이비안이 블랙이 얼어가는 모습을 보냈다. 블
랙이 얼어버린 장면을 봤다.

얼음 군주 세이비안. 3급 장군 세이비안이 영상 속에서 이렇
게 말했다.

-이토록 아름다운 컬렉션을 선물해 줘서 고맙구나, 절대악.

영상 속 남자. 파란색 머리카락과 파란색 눈동자를 가진 세
이비안의 입에서 냉기가 새어 나왔다.

-천천히 네 모든 것들을 내 컬렉션으로 가져주지.

그가 씨익 웃었다.

-그리고 네놈도 나의 컬렉션이 될 거야. 기대하고 있겠다. 절
대악. 내 컬렉션이 된 세계 최강의 플레이어. 아마 비싼 값에
거래되겠지.

호흐흐- 하는 웃음소리가 들려왔다.

-곧 보자. 절대악.

그렇게 영상이 끝이 났다.

한편, 한주혁이 그 영상을 확인하던 그 순간. 전 세계에 또

다른 영상이 뿌려졌다.

10만의 플레이어가 실종 상태가 되어 인질로 잡혔던 그 사건보다, 1분에 1명씩 참수형을 당하던 그 영상보다 훨씬 더 충격적인 영상이었다.

블랙이 눈을 떴다.

'뭐지?'

몸은 움직이지 않았다.

'춥다.'

굉장히 추웠다. 이 느낌은 한 번도 느껴보지 못한 종류의 생소한 느낌이었다.

'내 몸이…… 내 몸 같지가 않아.'

이상했다. 몸이 분명 존재하는 것 같기는 한데, 그 존재를 느끼기가 어려웠다. 움직일 수 있는 것이라곤 눈꺼풀뿐. 약간 위를 보고 있는 상태여서, 자신의 몸을 볼 수 없었다.

'나는 살아 있는 건가?'

느낌을 군이 표현해 보자면 의식만 둥둥 떠 있는 것 같았다.

블랙은 눈동자를 이리저리 돌리며 주변을 살펴봤다.

'아.'

이제 알 것 같다.

'저 사람들.'

블랙은 다른 사람들을 통해 자신의 상태를 판단할 수 있었다.

'살아 있어.'

얼음 속에 다른 여자들이 갇혀 있었다.

'그런데……'

누군가는 비쩍 말랐다. 얼음 상들이 일렬로 쭉 늘어서 있었는데, 블랙 기준으로 가장 왼쪽의 여자가 가장 말랐다.

'살아는 있는 것 같은데……'

간신히 살아만 있다. 오랫동안 아무것도 먹지 못했는지 눈 밑이 퀭했다. 눈도 아예 감고 있었는데 아마 눈을 뜰 힘도 없는 것 같았다.

'미라…… 같아.'

피골이 상접했다는 말이 딱 맞았다. 살이라고는 몸에서 찾아볼 수 없었다. 눈 밑이 움푹 패였고, 광대가 훤히 드러났다. 뼈 위에 '피부'라는 것이 간신히 붙어 있는 정도.

'얼마나 오래 얼음에 갇혀 있던 거지?'

알 수 없었다. 얼음 속에 갇힌 채. 천천히 말라 죽어가고 있는 것 같다. 저대로 죽음에 이르는 건지. 아니면 살지도 죽지도 못한 상태로 저렇게 유지가 되는 건지는 모르겠다만.

'아마 나도 같은 처지겠지.'

얼음에 갇혔다.

'주군께 알렸어야 했는데.'

얼음 군주 세이비안. 그는 본래 3급 장군이었다. 그런데 최근 2급 장군으로 올라섰다. 더 정확히 말하자면 황궁이 주도한 프로젝트에 의하여 다른 3급 장군 두 명이 세이비안에게 흡수당했고, 2급 장군 두 명도 세이비안에게 먹혔다.

'지금 그의 힘은…… 1급을 초월할 수도 있어.'

명목상으로는 2급 장군이다. 그러나 2급 장군 두 명과 3급 장군 두 명을 흡수한 세이비안은 더 이상 과거의 세이비안이라고 볼 수 없었다.

'모르골 제국이 탄생시킨 살인병기.'

그 말이 맞았다. 일반 마법병기 위에 초월급 마법병기가 있는데, 그 초월급 마법병기를 뛰어넘은 것이 바로 생체병기다. 그 사실을 알아차린 블랙이 세이비안에게 잡힌 것이고.

'생체병기는 위험해.'

주군도 위험하리라 판단했다. 그래서 빠르게 알려야 한다고 생각했다.

'방법을 찾자.'

몸을 움직일 수 없을 뿐. 의식은 멀쩡했다. 생각만 잘한다면, 어떻게든 주군께 도움이 될 수 있을 것이라 생각했다.

'길을…… 찾는다.'

동해안의 한적한 어촌. 사람들이라고 해봐야 수백 명 정도가 옹기종기 모여 사는 작은 어촌 마을. 그곳에서 믿을 수 없는 일이 벌어졌다.

어촌 마을의 유일한 초등학교 3학년인 강현수가 집으로 헐레벌떡 뛰어 들어왔다.

"할아부지! 바다가 얼었어요!"

강현수의 할아버지는 피식 웃었다.

"꿈이라도 꾼 게냐?"

지금은 5월. 아침저녁으로 쌀쌀하긴 하지만 낮에는 초여름만큼 덥다. 그 추운 겨울에도 얼지 않는 바다가 무슨 봄에 언단 말인가.

"옳지. 아이스크림을 먹고 싶은 게냐?"

"아이. 할아버지. 그게 아니라 바다가 얼었다니까요!"

강현수는 그의 할아버지의 소매를 붙잡았다. 할아버지는 못 이기는 척, 자리에서 일어섰다.

"그러냐? 바다가 얼었다고? 어디 한번 볼까?"

허허 웃으면서 따라나섰다. 어차피 바다야 3분 정도만 걸어가면 볼 수 있는 것 아니겠는가. 어린 손자와 함께 산책하는 것도 나쁘지 않다.

"어디 보자. 바다가 얼었……."

그는 움직이지 못했다.

"어?"

눈을 비벼봤다.

"응?"

이제 죽을 때가 됐나. 바다가 분명 얼어 있었다.

"이건 말도 안 돼."

"어때요? 내 말이 맞지?"

강현수는 입을 활짝 벌리고 웃었다. 앞니가 빠져 두 군데 구멍이 난 강현수의 웃음은 그 어떤 미소보다 아름다웠다. 적어도 할아버지의 눈에는 그랬다.

'내 70년을 이곳에서 살았지만······.'

봄에 바다가 언 것을 구경한 적도 없을뿐더러, 저 정도 규모로 언 것을 본 적도 없다.

'몇 년 전. 앞바다가 조금 얼긴 했었는데.'

기록적인 한파로 인해 앞바다가 조금 얼었던 적은 있다.

'여기가 북극이야?'

믿을 수 없었다. 수평선 끝까지. 모든 바다가 얼어 있었다.

"응?"

나이를 먹어서인가. 눈의 인지와 행동 사이에 약간의 차이가 있었다.

'지금 이건 뭐지?'

현실을 받아들이는 데 시간이 좀 걸렸다.

손자의 몸을 얼음이 둘러쌌다. 커다란 얼음에 손자의 몸이 갇혀 버린 것 같았다. 눈을 비벼보려 했다.

'손이 안 움직여?'

말을 해보려고 했는데 말도 나오지 않았다. 의식은 존재했는데 몸이 움직이지 않았다.

'갑자기 왜……'

추웠다. 그는 이 상황을 받아들이기까지 꽤 오랜 시간이 걸릴 듯했다. 70년의 인생 가운데, 이런 상황을 겪어본 적이 없었으니까. 그의 풍부한 경험이 이 상황을 받아들이기 어렵게 만들었다.

푸른색 머리카락과 눈동자를 가진 남자가 히죽- 웃고서 걸었다.

"이런 볼품없는 컬렉션은 필요 없는데 말이야."

이제 주변에서 느껴지는 인기척은 없다. 이곳, 대부분의 인간들을 얼렸다. 충성스러운 얼음 병사들이 얼음 동상들을 이쪽으로 옮겨 올 것이다.

JTBN 소속 기자 한 명이 바들바들 떨었다. 간밤에 납치당했을 때만 해도 꼼짝없이 죽는 줄 알았다. 그런데 죽는 것보다 더 끔찍한 상황에 처한 것 같다.

세이비안이 말했다.

"똑바로 내보내. 이 상황을."

"아, 아, 알겠습니다."

세이비안이 JTBN을 통해 현재의 상황을 직접 알렸다.

"인간들에게 경고를 내린다."

현실에 강림한 2급 장군. 세이비안의 경고였다.

한주혁은 올림푸스에서 빠져나왔다.

블랙을 얼린 놈. 그리고 현실에서 난동을 피우고 있는 놈. 이 두 놈은 동일인이다. 원래 가지고 있던 정보로는 3급 장군이었는데, 어쩐 일인지 2급 장군이라 주장하고 있는 놈. 그 사이 승급이라도 한 모양이었다.

청와대에서 연락이 왔다. 어찌나 급했는지 대통령이 직접 연락했다. 그래서 한주혁이 이렇게 말했다.

-무슨 일이 벌어지더라도 놀라지 마세요.

-그, 그게 무슨 말씀이십니까?

-아 참. 군대는 출동시키지 않는 것이 좋을 것 같아요. 정확하지는 않지만 얼음 속의 사람들은 살아 있습니다.

충성 서약서를 살펴보면 생존 유무를 알 수 있다. 블랙이 죽었다면, 충성 서약서에서 블랙의 이름은 빠져 있었을 거다.

-만약 저 상태로 얼음들이 부서지면 사람들이 정말로 죽을 수 있습니다.

조해성이 침을 꿀꺽 삼켰다. 임기 중에 이런 큰일이 벌어지다니. NPC가 현실로 튀어나온 것도 문제인데, 그 NPC가 2급 장군 세이비안이란다. 인간들에게 경고했단다. 절대악을 잡아 오라고. 그렇지 않으면 야금야금. 모든 인간들을 얼려 버릴 것이라고. 절대악만 잡아 오면 평화가 이루어질 것이라고 말이다.

대통령이 황급히 말했다.

-벌써부터 많은 사람들이 동요하고 있습니다.

많은 이들이 이성적으로 생각해야 한다고, 저들이 말하는 '평화'는 거짓이라고 말하고 있지만 벌써부터 동해안 일대의 사람들은 흥분해서 절대악을 잡아 와야 한다고 외치고 있었다.

절대악 열풍. 절대악 이펙트. 그 모든 것들은 죽음의 공포 앞에서 잊혀졌다. 한주혁도 그 사실을 알고 있다. 그리고 그런 사람들을 원망하지는 않았다.

한주혁이 말했다.

-대통령님께서는 외교 문제만 신경 써주세요.

-어떤……?

드라칸 방주를 소환할 것이다. 이 세계의 과학 기술로는 따라오지도 못할 만큼의 워프 기술을 갖추었고, 말도 안 되는 정밀 타격 능력을 갖춘 '최상위 등급'의 병기. 말하자면 하늘 요새를 소환할 거다. 문제는 이 능력을 한국 주변의 다른 국가들이 두려워할 것이라는 것.

'설명하기에는 너무 길고.'

간단하게 줄였다.

-보시면 압니다. 각국 정상들과 원만히 협의해 주시길 바람

니다.

지금 이 순간에도 세이비안은 TV를 통해 인간들에게 계속해서 경고했다. 평화를 원한다면 절대악을 바치라고.

세계 각국은 믿을 수 없는 소식에 경악에 빠졌다. 미국 대통령도 마찬가지였다.

"캡틴. 이게 있을 수 있는 일인가?"

"저도 있을 수 없다고 생각했는데, 이미 벌어졌습니다."

한국에 NPC가 모습을 드러냈다.

"태르민의 선례가 있으니 불가능한 건 아니었겠죠."

"절대악은?"

"현재 자택 내에 있는 것으로 확인됩니다."

미국 대통령은 인상을 잔뜩 찌푸렸다.

"미치겠군. 군대는?"

"얼음 속의 사람들이 아직 살아 있는 모양입니다. 급속 냉동되어 산 채로 냉각된 것 같습니다. 대규모 살상 무기 사용은 꺼리고 있습니다."

한국에 주둔 중인 미군에도 비상령이 떨어졌다. 명령 한 번이면 전투기가 출격할 것이다. 사람 한 명을 잡기 위해 전투기가 출격하는 셈이지만, 이상한 일은 아니었다.

"이 사진을 보십시오. 동해안 일대가 전부 얼어붙었습니다. 올림푸스의 능력을 현실에서도 사용할 수 있는 것 같습니다."

그것도 무려 2급 장군.

"걸어 다니는 전략 무기라 할 수 있습니다."

"……"

끔찍했다. 저런 놈들이 무더기로 바깥으로 나와 활개 친다면?

"절대악은……. 어떻게 할 생각이지?"

답이 없는 것 같다. 바다를 얼려 버린 것은 능력을 과시한 것이다. 내게는 이 정도의 힘이 있다. 그러니까 허튼 생각하지 마라. 잠자코 절대악이나 잡아 와라. 그러면 너희들이 원하는 평화를 주겠다.

"한국 사회가 동요하고 있습니다."

올림푸스에서 절대악은 절대자이지만, 현실에서는 평범한 사람(그러기에는 영향력이 막강하긴 하지만)이니까.

"공포에 질린 많은 사람들이 절대악을 제물로 바쳐 평화를 쟁취해야 한다고 말하고 있습니다."

"그건 쟁취가 아니라 굴복이지."

"그걸 판단할 겨를이 없을 겁니다. 특히 해당 사건 주변 마을과 도시에서는 피난 행렬이 줄을 잇고 있습니다."

공포는 그만큼 무서운 거다.

"청와대는?"

"현재는 아무런 요청이 없습……."

그런데 그때. 보고가 하나 올라왔다. 한국 대통령이 '놀라지 마세요'라는 친서를 각국 정상들에게 돌렸단다. 핫라인으로 보낸 것 치고는 너무 황당한 내용이었다. '차후 이 문제를 협상하도록 합시다'라는 내용이었는데, 그 문제가 무엇인지 밝히지 않았다.

"이게 무슨 내용이지? 문제를 협의하긴 하는데…… . 무슨 문제를?"

세이비안이랑 관련된 것인가?

"청와대에 문의해 봤으나, 아직 답신이 오지 않았습니다."

그런데 그 답신은 JTBN을 통해 대신 전해졌다. 하늘에서 가느다란 빛기둥이 토해졌다. 운이 좋았던 것인지, JTBN의 카메라맨은 그 장면을 정확하게 포착했다.

"…… ."

미국 대통령은 말을 잇지 못했다.

"지금 저건……?"

화면 속. 세이비안의 몸이 공중에 떴다. 빛기둥에 가슴이 꿰뚫린 채로 말이다.

"바, 방금 저건 뭐였지?"

빛기둥이 옅어져 갔다. 세이비안의 몸이 검은 잿더미로 변했다. 이곳은 현실인데, 마치 올림푸스 안인 것처럼 말이다.

"세이비안이 사망한 건가?"

"저도 잘 모르겠습니다."

캡틴도 같은 화면을 보고 있다. 지금 무슨 일이 벌어진 건지 모르겠다. 그리고 급한 보고가 쏟아지기 시작했다.

"한국 상공에 거대한 미확인 비행 물체가 생성되었습니다."

"생성되었다고?"

"여기. 위성 사진입니다."

여의도 일대를 덮을 정도로 거대한 무엇인가가 한국 상공을 덮고 있었다.

"이, 이게 비행 물체란 말인가?"

"예."

그 어떤 사전 징후도 포착되지 않았다. 그냥 저만한 엄청난 크기의 비행 물체가 갑자기 모습을 드러냈다.

미국 대통령의 몸이 바르르 떨렸다.

'저 비행 물체와 세이비안의 죽음은 결코 무관하지 않다.'

왠지 그럴 거란 확신이 들었다.

'그리고 저건 설마 절대악과도 연관이 있는 것인가?'

연관이 있는 것은 확실했다.

궁금증이 쌓여갔다. 미스터리한 거대 비행 물체는 그렇다 치고, 서울 상공의 그것이 또 어떻게 세이비안에게 영향력을 끼쳤단 말인가.

'설마 아니겠지.'

저기서 빛기둥을 쏘아냈다든가. 뭐 그런 건 아니겠지. 상당히 신빙성이 있는 추측이라 생각했다. 그런데 그 추측이 또 너무 말도 안 되는 추측이라 더 이상 생각하기를 포기했다.

'모르겠다. 도대체 모르겠다.'

그와 동시에 절대악이 기자회견을 열었다.

화면 속 절대악이 입을 열었다.

9장
일시적인 변화

올림푸스 매니아에서는 한바탕 난리가 났다.

-세계의 종말을 걱정하던 종말론자들 어디 갔음?

-인간의 노예화가 눈앞에 왔다고 주장하던 또라이들은?

-절대악을 왜 안 넘겨주냐고 울분 토하던 붕신들은 어디 갔지?

세이비안이 처음 모습을 드러냈을 때. 수많은 사람들이 충격을 받았고 공포에 떨었었다.

그도 그럴 것이, 군대도 국민들을 제대로 지켜주지 못했으니까.

-이해는 함. 바다를 열어 버리는 미친 괴물이 있는데.

이해를 하기는 하는데.

-그 바다를 얼려 버리는 미친 괴물을 한 방에 때려잡는 더 미친 괴물이 요기잉네?

요란하게 등장하여 대한민국을 공포로 물들였던 세이비안은 그야말로 원샷에 죽었다.

-생각해 보면 절대악의 역사가 곧 원샷 원킬의 역사 아님?

돌이켜 보면 그랬다. 데르앙 전투에서부터 시작하여, 절대악과 관련된 굵직한 전투들은 생각보다 훨씬 싱겁게 끝났다.

-역사를 잊은 민족에게 미래는 없는 법.
-이제는 좀 절대악을 믿을 때도 안 됐냐?

세이비안만큼은 너무 위험하다며, 차라리 절대악을 제물로 주고 평화를 찾자던 많은 이들이 사라져 버렸다. 그도 그럴 것이, 2급 장군 세이비안이 단 한 번의 공격으로 재가 되어버렸기 때문이다.

한편, 기자들을 불러 모은 한주혁이 대놓고 말했다.

"저는 테러와 그 어떠한 협상을 할 생각도 없습니다."

플래시 세례가 터져 나왔다. 기자들이 바빠졌다. 절대악의 한마디, 한마디가 곧 세계를 움직이는 말이다.

실시간으로 짧은 속보들이 터져 나왔다.

-NPC들의 침범 = 테러?
-절대악. 테러와의 전쟁을 선포.
-절대악. 테러에 굴복은 없다.

세이비안이 사망함과 동시에 얼음으로 변했던 수많은 이들이 원래대로 돌아왔다.

급속 냉동되었던 사람들이 움직이기 시작했고, 정부는 조해성 대통령의 진두지휘 아래 사람들을 병원으로 옮겨 무상 건강 검진을 실시했다.

한주혁이 말을 이었다.

"각국의 혼란을 야기할 수 있어 여태까지 공개하지 않았습니다만. 모든 분들이 예상하듯 세이비안은 제가 사살하였습니다."

기자들이 질문을 던졌다.

"그곳에는 얼음으로 변한 무고한 시민들도 있었습니다. 그들이 위험할 거라는 생각은 하지 않으셨습니까?"

한주혁이 질문을 한 기자를 힐끗 쳐다봤다. 기자는 움찔했지만 물러서지 않았다.

"정부가 전투기를 동원하지 못한 이유가 시민들의 안전 때문이라고 알고 있어서 드리는 질문입니다."

"제가 마음먹었다면 세이비안이 아니라, 세이비안의 손가락을 잘랐을 겁니다. 대답이 됐습니까?"

세이비안의 심장을 노리지 않고, 세이비안의 손가락을 노렸을 수 있다는 얘기다. 서울 한복판에서 강원도 어촌 마을의 사람 한 명. 그 사람의 손가락을 자를 수 있다는 그 말. 그 말은 전 세계 지도부에게 엄청난 충격을 안겨다 줬다.

미국 대통령은 입을 쩍 벌리고 말을 잇지 못했다.

"드라칸이 나타난 곳이 서울이었지, 캡틴?"

"예."

서울에서 강원도. 거리가 제법 되는 걸로 안다.

"아무런 사전 징후 없이 바로 발사했지?"

"예."

갑자기 나타났고 갑자기 쐈다. 그랬더니 세이비안이 갑자기 죽었다.

"말도 안 되는 정확도네."

침을 꿀꺽 삼켰다.

"그러면 사거리는 얼마나 될까⋯⋯?"

그게 중요했다. 저 '드라칸'이라는 말도 안 되는 무기가 만약 백악관도 노릴 수 있다면? 세이비안이라는 2급 장군도 한 방에 때려눕힌 절정의 병기다. 절대악이 마음만 먹는다면 백악 관도 위험할 수 있다.

마침 TV 속 절대악이 이렇게 말했다.

"타겟만 정확하다면 지구 반대편의 조약돌도 부술 수 있습니다. 원한다면 개미까지도."

"……."

"대답이 됐습니까? 원한다면 시연 보이죠."

세계 정상들은 동시에 침을 꿀꺽 삼켰다. 도대체 저런 병기를 언제부터 가지고 있었단 말인가.

절대악의 뉘앙스로 보았을 때, 한참 전부터 저런 병기를 보유하고 있었던 것 같다. 설마 저런 게 한 기 이상 있는 건가?

절대악이 한마디를 덧붙였다.

"드라칸을 소유하게 된 지는 좀 됐습니다. 이 무기는 인류의 평화와 번영을 위해서만 사용할 것입니다."

이것은 일반 사람들에게 하는 말이 아니다. 세계 각국의 지도부에게 하는 말이다. 괜히 겁먹지 말라고. 나는 이것을 이미 오래전부터 가지고 있었고, 사용하려고 했으면 진작 사용했다고. 그러니까 걱정하지 말라고 얘기하고 있는 거다.

란돌은 한주혁의 의도를 정확하게 파악했다. 그는 정말 기분 좋은 듯, 흐뭇하게 웃었다.

"으하하하하하!"

기분이 좋아졌다. 친구가 저 정도로 성장했을 줄이야. 그야

말로 세계의 지도자라 해도 과언이 아닐 정도다.

'저 무기는 비교적 최근에 얻었을 텐데.'

확신했다. 최근에 얻은 것이 틀림없다. 한주혁이 자신에게 무엇인가를 숨겼을 리는 없다고 생각하니까.

'정확히 언제 얻은 건지 발표하지 않는 것을 보면…… 어제쯤 얻었을지도 모를 일이지.'

사실 관계야 어찌 됐든 상관없었다. 저렇게 말함으로 인해서 친구인 한주혁은 몇 가지 효과를 얻었다.

'각국 지도부는 그나마 안심을 좀 할 테고.'

거기다가 더해.

'저것뿐만 아니라 여태까지 숨겨온 많은 비밀 병기들이 있다는 것을 넌지시 어필할 수 있어.'

저것 하나만으로도 이미 충분히 위협적인 군사 무기가 되는데, 저것 이상의 무엇인가가 있을 수도 있다.

'물론 없겠지.'

없겠지만 상관없었다. 세계인들은 저마다 상상의 나래를 펼칠 것이다.

절대악에게 얼마만큼 강력한 무기들이 존재하는지. 절대악의 진정한 힘이 어느 정도 되는지 수많은 전문가들이 나설 것이고, 상상은 꼬리에 꼬리를 물고 더욱더 커져갈 것이다.

그리고 그 모든 상상은 곧 절대악의 힘이 될 것이다. 그게 사실이든 아니든.

'저런 어마어마한 무기를 적절한 시기에 공개함으로써 대의 명분도 얻었고.'

저건 어쩌면 핵보다 더 위험한 무기일 수도 있다. 그러나 세계인들이. 또 한국인들이 저 무기를 '인류를 위한 무기'로 판단하고 열광하고 있다. 당장 왕궁에서 도시를 내려다보면, 수많은 사람들이 거리로 나와 전광판의 절대악 인터뷰를 지켜보고 있다.

'응?'

란돌은 창문으로 가까이 다가갔다. 비서에게 말했다.

"망원경 좀 주게."

망원경을 받아 든 란돌이 저만치 아래. 거리의 행렬을 지켜봤다가 어이가 없어 웃고 말았다.

"저건 태극기가 아닌가?"

한국의 국기가 이곳. 중동의 거리에서 휘날리고 있다. 저 멀리. 동방의 한 작은 나라의 국기가 마치 세계의 국기라도 된 듯, 평화의 상징이라도 된 듯 흔들고 있다.

"당장 멈추도록 할까요?"

그래도 이곳은 왕정 국가다. 왕이 있고 왕자가 있다. 그러한 곳에서 다른 나라의 국기를 흔들다니. 비서의 생각으로는 있을 수 없는 일이다.

란돌이 기분 좋게 웃었다.

"내가 왕자만 아니었다면 나도 같이 태극기를 흔들었을 걸세."

"……예?"

"세이비안은 2급 장군이라고 했네. 그런데 1급 장군은?"

"……."

"1급 장군은 2급 장군보다 훨씬 강력한 힘을 가졌겠지. 바다를 꽁꽁 얼려 버리는 것쯤은 우스울 정도의 힘을."

그런데 그 힘을 가진 자를, 절대악이 막지 못한다면?

"군대를 동원한다고 해서 과연 1급 장군을 이길 수 있을까?"

란돌은 고개를 절레절레 저었다. 그의 생각으로는 불가능하다.

"1급 장군이 한국에 모습을 드러낸다는 가정하에, 한국은 지금 세계의 중심이라고 해도 과언이 아니지."

한국이 막지 못한다면? 세계에는 미래가 없다. 적어도 란돌은 그렇게 판단했다. 아마 세계 각국 지도부들도 같은 생각을 하고 있을 거다.

"적어도 지금 시점에서, 전 세계가 한마음 한뜻이 되어 한국을 응원하고 절대악을 지지하는 것은 전혀 이상하지 않다는 뜻이네."

란돌은 자리에 앉았다. 그의 몸이 떨려왔다. 기분이 무척 좋았다. 절대악의 성장도 좋았고, 저 절대악이 세계의 모든 사람들로부터 지지받는 것도 좋았다. 절대악 열풍과 절대악 폭풍이 좋았다.

'내 성공도 아닌데 말이야.'

이상하게 자신이 행복했다. 타인이라 할 수 있는 친구의 성공이 이토록 행복할 줄이야. 참 이상한 일이다.

비록 친구는 눈앞에 없지만, 찻잔을 들어 올렸다. 마치 건배를 하듯 말이다.

그가 기품 넘치게 말했다.

"오늘도 지리는 각이로군."

한주혁은 기자회견을 끝마쳤다. 기자회견은 대단히 성공적이었다.

'테러리스트와의 협상은 없다'라는 명제를 전 세계에 제대로 선포했다. 2급 장군 세이비안을 단 한 번의 공격으로 박살 낸, 절대적인 무력을 가진 이의 발언이었다.

전 세계가 그 말에 환호했고 전 세계가 절대악 열풍을 지지했다.

천세송은 그런 자신의 예비 남편이 너무나 자랑스러웠다.

'어제까지만 해도 두려움에 떨던 사람들이었는데……'

그 두려움이 곧 환호와 희망으로 바뀌었다. 세이비안이 두려운 존재였던 만큼, 아이러니하게도 절대악의 능력이 증명된 셈이니까. 저도 모르게 기분이 좋아져서 싱글벙글 웃었다.

천세송은 한주혁의 방을 찾았다.

한주혁은 귀엽게 웃고 있는 여자 친구를 한 번 꼭 껴안았다. 한주혁의 품에 안긴 천세송은 더욱 기분이 좋아져서 한주혁을 꼭 껴안았다.

약 1분. 잠깐의 포옹 시간이 지난 후. 천세송이 말했다.

"오빠. 대통령 아저씨가 얘기 좀 전해달래."

"조해성 대통령님이?"

지금 아마 대통령은 아주 바쁠 거다. 핵무기보다 무서운 전략 무기가 한국에 등장했으니. 그와 관련한 문의가 빗발치고 있겠지. 아마 실무진들은 절대악 자신을 욕하고 있을 수도 있다.

절대악은 무서우니 못 건드리고, 만만한 청와대만 건드리고 있다고 말이다.

"현장을 정리하던 군인 중에 한 명이 뭔가를 발견했다던데."

"그럴 것 같았어."

한주혁이 천세송의 손을 붙잡고 걸어가 침대의 가장자리에 앉았다.

"응? 알고 있었어?"

"뭐가 나왔는지는 확실하게 몰라. 다만, 아이템이 떨어졌다는 것은 예상하고 있었어."

드라칸 방주는 신비한 능력을 갖고 있었다. 마치 자신의 눈으로 그곳을 내려다본 것 같았다.

드라칸을 소환했을 때, 드라칸과 자신이 연결되어 있는 것 같은 느낌을 받았다. 이 능력이면, 전 세계의 어디든 꿰뚫어 볼 수 있을 것이다.

'체력 소모가 어마어마해서 제대로 보지는 못했지만.'

분명히 무엇인가가 드랍되었다. 그 즉시, 한주혁은 대통령에게 연락을 했고 현장 정리를 하던 군인이 아이템을 발견했단다. 그 아이템은 헬기를 타고 지금 이쪽으로 이동 중이다.

"어떻게 알았어?"

한주혁은 피식 웃었다.

어차피 세송이에게는 말해주려고 했었다. 2급 장군. 세이비안을 현실에서 사냥하고 난 뒤. 한주혁 자신에게는 커다란 변화가 있었으니까. 그 변화는 아직 세계의 그 누구도 모른다.

"나한테 비밀이 하나 생겼거든. 이 세상에 아무도 몰라. 처음으로 너한테 말할 거야."

어차피 언젠가는 밝히겠지만, 어쨌든 '처음'으로 밝히는 사람이 사랑하는 사람이다.

나름 의미 있다고 생각했다. 그리고 그것은 천세송에게 매우 유효했다.

"정말? 정말? 정말? 내가 처음이야? 정말? 정말?"

'처음'이라는 말에 천세송이 눈을 반짝였다. 헤헷- 하고 웃었다. 아까보다 더욱 기분이 좋아졌다. 뭐랄까. 특별한 사람이 된 것 같은 기분이랄까.

"뭔데요?"

한주혁은 말 대신 무엇인가를 꺼내 들었다.

"웅……?"

그것을 본 천세송은 한동안 말을 잇지 못했다. 그녀의 몸이 조금씩 떨려왔다. 침을 꼴깍 삼켰다. 눈을 크게 떴다. 목소리 톤이 높아지기 시작했다.

"이, 이거. 내, 내가 잘못 본 거 아니지, 오빠?"

천세송이 눈을 크게 떴다.

"지금……."

천세송은 지금 분명히 봤다. 오빠가 방금 아이템을 어떻게 꺼냈는지. 손바닥에 저절로 아이템이 생겨났다.

천세송도 알고 있는 광경이다. 현실이 아닌 올림푸스에서 그녀도 이렇게 아이템을 꺼낸다.

"인벤토리 활성화시킨 거야?"

한주혁이 가볍게 고개를 끄덕였다.

"인벤토리를?"

"웅."

"현실에서 인벤토리를 어떻게 열었어?"

천세송이 놀라워하는 모습을 보니 조금 흐뭇해진 한주혁은 천세송의 머리를 슥슥 문질렀다.

"인벤토리만 활성화된 게 아니야."

"그러면?"

한주혁은 손가락으로 베개를 가리켰다. 더 정확히 말하자면 천세송이 보기에 그랬다. 베개를 가리킨 줄 알았다. 그런데 침대가 허공에 두둥실 떠올랐다.

"으악!"

깜짝 놀란 천세송은 한주혁에게 안겼다. 천세송이 '안기는 행위'를 의도했든, 의도하지 않았든. 천세송을 품에 안은 한주혁은 킥킥대고 웃었다.

"오빠 지금 뭐 한 거야?"

"박살 내면 혼날 거 같아서."

저래 보여도 이탈리아에서 수입한 최고급 원목을 조각해 만든 최상급 침대다. 저 침대 하나의 가격이 1억 2천만 원을 호가한다. 물론 란돌이 집들이 선물로 선물해 준 거다.

"지금 오빠가 침대 들어 올린 거야? 염력?"

"더 정확히 말하자면 의지로 한 거지."

"의지로?"

천세송이 꺄아아악! 비명을 질렀다. 천세송의 몸이 두둥실 떠올랐다.

"NPC들은 내 능력이 진언이라고 생각하지만 사실 이건 한 차원 더 높은 거거든."

'진언'은 '언어'를 사용하여 권능을 행한다. 하지만 한주혁은 굳이 '언어'를 사용할 필요가 없다. 심검을 사용할 때와 마찬가지로. 의지만 품으면 대부분의 일들을 해낼 수 있다. 그것이 절대자가 된 한주혁의 능력이다.

"내, 내려줘! 내려줘 오빠! 무서워!"

올림푸스에서는 꼬꼬를 타고 하늘을 나는 앱솔루트 네크로맨서지만, 현실에서는 영락없는 20살 여자애다. 남들에게는 '세계의 안주인'이지만, 자신 앞에서는 높은 곳을 무서워하는 귀여운 여자 친구다.

한주혁이 피식 웃었다.

"하여튼. 올림푸스의 능력을 쓸 수 있어. 여기서. 제한이 좀 있기는 한데."

2급 장군 세이비안을 사살했을 때. 한주혁은 자신의 귀를 의심해야만 했다.

-올림푸스의 NPC를 사살하였습니다.
-NPC의 신원을 확인합니다.

'알림이 들린다고?'

생각해 보면 그렇게 이상한 일은 아니었다. 오히려 아이템을 옮겨 오고 방주를 소환할 수 있는데, 알림이 들리지 않는 게 더 이상한 일 아니겠는가.

'현실에서…… 알림이 들린다.'

그 말은 현실과 올림푸스의 경계가 허물어지고 있다는 뜻이다.

-시스템의 판단에 의하여 사살한 상대가 '최상급 NPC'임을 확인합니다.
-시스템의 판단에 의하여 최상급 NPC의 적의를 확인합니다.

여기서 말하는 '최상급 NPC'는 당연히 세이비안이다. 세이비안은 명백한 적의를 가지고 지구에 모습을 드러냈고, 수많은 이들을 인질로 삼기도 했다.

-최초의 던전을 오픈할 수 있는 자격이 주어집니다.
-퀘스트. '최초의 던전을 발견하라'가 생성되었습니다.
-최초의 던전을 오픈할 수 있는 자격에 의하여 일시적인 '동기화 작업'이 진행됩니다.

한주혁은 알림에 귀를 기울였다. 지금은 아서의 몸이 아닌, 현실의 몸이다. 아서의 몸이라면 대충 듣고 흘려들어도 전부 기억하지만, 지금은 아니다. 당장 계좌 번호 한 줄만 외워도 몇 초 뒤면 까먹는다.
'일시적인 동기화?'
그게 무엇인지 금방 알 수 있었다.

-동기화 작업 10퍼센트 완료되었습니다.
-스탯창과 인벤토리창 활성화가 가능합니다.

동기화 작업이 100퍼센트 완료되었을 때.

-동기화 작업이 완료되었습니다.
-시스템의 판단에 의거하여 정체성은 '한주혁'으로 설정합니다.
-시스템의 판단에 의거하여 정체성 외적인 모든 부분은 '아서'로 설정합니다.

말은 약간 어려웠지만 내용 자체가 어려운 건 아니었다.

'한주혁인데…… 아서의 모든 힘을 끌어다 쓸 수 있다는 뜻이네.'

그것도 현실에서 말이다.

'여기서…… 절대자의 모든 힘을 쓸 수 있다면.'

NPC들이 이 땅에 설 일은 없을 것이다. 이곳에서 활개 치고 다니며, 현실의 사람들. 그러니까 지구인들에게 해악을 끼치게 하지 않을 것이다. 이곳은 내 가족과 내 사람들이 살고 있는 터전이니까. 자신이 말했었던 대로. 그 어떤 테러 행위도 용납하지 않을 것이다.

다만, 그렇게 한주혁에게 모든 것이 좋지만은 않았다.

-'최초의 던전'을 찾으십시오.

-기한 내에 '최초의 던전'을 찾지 못하면 동기화 작업은 취소되며, 그 반작용으로 인하여 '아서'는 삭제됩니다.

-24일의 기한이 주어집니다.

한주혁에게 24일의 시간이 주어졌다. 현실에서도 절대자의 능력을 마음껏 끌어다 쓸 수 있지만 24일 내에 최초의 던전을 찾지 못하면 그 능력이 모두 사라진다. 아서가 삭제된다면 올림푸스 내에서의 능력도 모두 사라지게 된다는 뜻이다.

모든 설명을 들은 천세송이 걱정스레 한주혁을 올려다봤다.

"오빠. 괜찮아? 24일 동안 못 찾으면⋯⋯."

자신의 남자 친구라서가 아니라, 실제로 한주혁이 힘을 잃게 되면 지구에는 희망이 없다고 해도 과언이 아니었다. 사람 한 명이 지구의 희망이라는 사실이 좀 아이러니하기는 했지만, 어쨌든 그것은 분명한 사실이었다.

천세송만 그렇게 생각하는 것이 아니라 세계의 지도부도 그렇게 판단하고 있다.

"괜찮아."

천세송은 한주혁의 손길을 머리로 받아들이며 어깨를 움츠렸다. 언제나 느끼지만 사랑하는 남자의 손길은 참 좋다. 아무것도 아니지만 보호받는 느낌이랄까.

"그래도⋯⋯."

"제우스가 아무 생각이 없는 게 아니라면 불가능한 퀘스트를 줄 리는 없으니까."

한주혁 본인의 몸이었다면 아마 어쩔 줄 몰라 했을지도 모른다. 어찌 됐든 올림푸스 내의 절대자 아서와 현실의 한주혁은 다르니까. 현재 한주혁은 모든 스텟 'MAX'를 달성한 전무후무한 절대자 상태고, 따라서 크게 당황하지는 않았다.

"아마 헬기로 오고 있는 아이템과 관련이 있지 않을까 싶어."

한주혁의 예상은 틀리지 않았다. 정확히 13분 뒤에 도착한 헬기에서 군인 한 명이 내렸다. 계급은 대령. 탁상호 대령이었다.

대령은 자신이 할 수 있는 최대한의 예를 다하여 한주혁에게 경례했다. 한주혁이 민간인인 것은 아무래도 상관없는 것 같았다.

"절대악을 실물로 뵙게 되어 진심으로 영광입니다."

한주혁은 대령의 마음이 진심이라는 것을 어렵지 않게 느낄 수 있었다.

'나를 봐서 진짜로 감격했는데……?'

마나가 저렇게 요동칠 정도라니. 심장이 쿵쿵거리고 있는 것이 가만히 놔두면 터질 것 같다.

"너무 격식 차리실 것 없어요. 저는 군인도 아닌데요, 뭐."

대령은 열중쉬어 자세를 취한 뒤 크게 말했다.

"그 어떤 군인보다 명예로우신 분입니다."

그러고서 다시 차려 자세를 취했다. 굉장히 절도 있는 움직임이었다.

한주혁은 괜스레 머쓱해져서 아이템을 받아 들었다.

"진심으로 영광이었습니다. 부디. 이 땅의 정의를 바로 세워주십시오."

악수를 나누는 탁상호 대령의 팔이 미세하게 떨렸다. 그의 눈시울이 붉어져 있었다. 아주 미묘했지만 절대자의 스탯을 가진 한주혁의 눈에는 아주 잘 보였다.

"당신께서 이 땅의. 대한민국의 국민이라는 것이 자랑스럽습니다. 같은 시대를 살게 하여주심에 감사드립니다!"

한주혁은 순간 탁 대령이 루펜달의 현신인 줄 알았다. 루펜달보다는 덜 경박하긴 했지만 어쨌든 본질은 비슷했으니까.

'아…… 뭐…….'

인류의 영웅이 되어 희망의 메시지를 던져주는 것까지는 좋았는데 이런 부작용(?)도 있는 모양이다.

'아이템이나 살펴보자.'

아이템을 살펴봤다.

24일의 제한 시간. 지금은 23시간가량으로 줄었다. 이 시간 동안은 올림푸스의 모든 능력을 사용할 수 있다.

인벤토리에 아이템을 넣은 뒤, 아이템 설명을 확인했다.

아니나 다를까. 이번 퀘스트와 관련이 있는 아이템이었다.

<최초의 열쇠>

'최초의 던전'의 문을 열 수 있는 열쇠입니다. 최초의 열쇠를 사용하기 위하여 '최초의 자물쇠'가 필요합니다.

거창한 설명은 없었다. 다만 이 열쇠를 통해 '최초의 던전'의 문을 열 수 있단다. 그리고 세트 아이템으로 '최초의 자물쇠'가 필요하고.

최초의 던전.

최초의 열쇠.

최초의 자물쇠.

모두 연관이 있는 아이템이다.

'최초의 자물쇠라.'

과연 이 아이템을 어디서 얻을 수 있을까.

답은 어렵지 않게 유추할 수 있었다.

'2급 장군으로부터 이게 나왔어.'

사실 3급 장군으로 알고 있었는데, 갑자기 2급 장군으로 등장했다. 그사이에 모르골 제국 내에서 어떤 변화가 있었던 모양이다.

'원래 2급 장군이었던 이는 어떻게 됐지?'

2급 장군은 두 명으로 알려져 있다. 새로운 2급 장군인 '세이비안'이 등극했으니, 원래 그 자리를 차지하고 있던 2급 장군은 어떻게 되었을까? 남아 있으리라 짐작되는 또 다른 2급 장군은? 그리고 1급 장군은?

'답은 또 다른 2급 장군. 혹은 1급 장군.'

그들이 갖고 있을 확률이 높다.

'결국 놈들을 잡아야 돼.'

그렇다면 그들을 어떻게 잡을 수 있을까?

한주혁은 그 단서를 이미 알고 있다.

<황궁 지하 통로>

모르골 제국의 황궁은 복잡한 구조로 이루어져 있습니다. 그중에서도 왕족이 탈출할 수 있는 최후의 미로들을 몇 가지 마련해 놓았는데 그중 하나가 바로 지하 통로입니다. '지하 통로'는 몇몇 조건들이 만족되었을 때 비로소 열리게 되며 황족이 아닌 자가 지나치려면 큰 피해를 감수해야만 할 것입니다.

등급: 하

+상세설명

황궁 지하 통로를 열기 위한 상세 조건은 총 4개.

1) 시스템상 정통성을 인정받은 왕국(혹은 제국)의 옥쇄.
2) 군주 이상의 칭호.
3) 시스템상 '메인' 이상급으로 인정받은 퀘스트 수행자.
4) 최소 하나 이상의 스탯이 500 이상으로 인정받은 자.

5) 듀판의 지문.

이 모든 것을 완료했다. 황궁 지하 통로를 열고, 그것을 숨기지 않는다. 황궁으로 향하는 길이 열렸다면 그것을 방치할 수는 없다. 절대자인 자신을 막기 위하여 2급이든 1급이든. 누가 됐든 최상급 NPC가 모습을 드러낼 것이다.

대저택 내의 제1 거실. 가장 큰 거실의 'ㄷ'자 모양 커다란 소파에는 강재명과 한세아. 천세송이 모여 있었다.

한주혁이 간략하게 상황을 설명한 뒤 말을 이었다.

"여기서 하나의 선택지가 남습니다."

모두가 귀를 기울였다.

"적어도 제게 있어서는 올림푸스와 현실의 경계성이 모호해졌습니다."

이것은 이미 오래전부터 올림푸스가 시사해 왔다. 원래는 전송이 불가능했던 올림푸스의 문물을 현실로 전송하게 만들어주는 '전송소'도 한주혁의 작품 아니었는가.

문물을 옮겨 왔듯, 캐릭터를 옮겨 왔다.

"제 생각에 최초의 던전은 지구에 존재할 가능성이 있습니다."

올림푸스의 시스템이 지구에서도 똑같이 적용이 됐다. 그리고 올림푸스의 운영 주체라고 생각되는 '제우스'는 현실에 존재한다.

"지구에서 활성화시키라고 제게 힌트를 주고 있는 것일지도 모르죠."

그럴 수 있다. 최초의 던전을 여는 열쇠가 현실에서 드랍된 것이 무조건 우연이라고 보기에는 힘들지 않은가.

지구에서 던전을 활성화시키느냐. 시키지 않느냐. 그 선택이 남았다. 지구에 던전이 오픈된 적은 단 한 번도 없다. 애초에 던전은 게임인 올림푸스 내에만 존재하는 거니까.

하지만 강재명은 이상하게 생각하지 않았다.

'문물도 넘어오고, 아이템도 넘어오고, NPC도 넘어오는 마당에.'

이 땅에 던전이 생기는 것이 뭐가 이상하단 말인가.

이상하지는 않은데, 그것이 어떤 부가적인 현상을 발생시킬지는 미지수다.

이 땅에 던전이라니. 그것도 '최초의 던전'이라 이름 붙은 거창한 던전이라니.

강재명이 긴장한 채 물었다.

"그러면 절대악께서는 이 땅에 던전을 생성시키실 생각이십니까?"

10장
황궁 지하 통로

"그러면 절대악께서는 이 땅에 던전을 생성시키실 생각이십니까?"

한주혁이 대답했다.

"필요하다면요."

"……."

반대가 만만치 않을 겁니다. 강재명은 굳이 그 말을 하지 않았다. 이 땅에 던전을 만든다? 쉽지 않을 거다. 아마 많은 사람들의 반대가 있을 거다.

'다른 사람이 그 말을 했다면…… 미쳤냐고 손가락질하겠지.'

현실에 던전을 만든다니. 있을 수 없는 일이다. 과거 '몬스터 게이트'로 인해 큰 피해를 봤었던 한국이다. 국민 정서상 한국 땅에 던전이 생기는 것은 용납할 수 없는 일에 가깝다.

'하지만 말을 하는 당사자가…….'

강재명은 한주혁을 한번 쳐다봤다.

'그 당사자가 한주혁 씨라면…….'

새삼스럽게 다시 느꼈다. 이 시간. 자신과 함께하고 있는 이 남자가 얼마나 대단한 사람인지. 다른 사람이라면 불가능한 일을, 이 남자는 가능하게 만들 수 있다. 옆에 있는 것만으로도 세계의 역사를 같이 써 내려가는 것이라 할 수 있다.

'가능하겠지.'

어쩌면 '세계 최초의 던전'이 한국 땅에 생기는 것이라고 반가워할지도 모른다. '세계 최초'의 타이틀을 한국이 갖게 되는 것이니까.

'그때가 되어봐야 알겠지만.'

아직은 모른다. 절대악도 지금 '반드시 만들겠다'라고 말하지는 않았다. 필요하다면 만들겠다고 했다.

한주혁이 말했다.

"혹시라도 이 땅에 던전을 만들게 될 날이 올지도 모릅니다."

말은 이렇게 했지만 속으로는 거의 확신하고 있다. 강재명도 대충은 눈치챘다.

"그에 따라 준비를 해주시기 바랍니다."

강재명이 고개를 끄덕였다. 그는 절대악이 하는 모든 행동을 전폭적으로 지원하기로 결정한 지 오래다. 결과적으로 보았을 때, 절대악의 행동들은 전부 옳았으니까. 맞는 일이었으니까. 강재명은 한주혁을 전적으로 신뢰한다.

"알겠습니다. 준비하겠습니다."

사실 자신이 바쁜 건 아니다.

'청와대를 비롯한 정부 부처가 바빠지겠어.'

안 그래도 지금 많이 바쁠 텐데. 강재명이 저도 모르게 씨익 웃고 말았다. 서류 더미에 파묻혀 있을 정부 고위 관계자들에게 애도를 표했다.

'드라칸 방주에 대해서는 잘 설명하고 있나 모르겠네.'

자리에서 일어섰다.

때마침 한주혁이 물었다.

"아참. 드라칸 방주 건에 대해서는 의외로 조용하네요?"

전 세계에서 난리가 날 줄 알았는데, 예상외로 잠잠하다. 한주혁은 아마 뒷공작이 있을 거라고 짐작하고 있다.

"예."

강재명이 고개를 끄덕였다.

"따로 여론 몰이를 하지는 않았습니다."

"그래요? 그런데 생각보다 잠잠하네요?"

어쩌면 핵무기보다 더 위협적인 무기일 수도 있는데.

"그……."

강재명이 잠시 머뭇거렸다. 머릿속으로 절대악을 전폭적으로 신뢰하고 좋아하는 것은 그렇다 치지만, 본인 앞에서 이런 말을 하기가 조금 낯부끄러웠다.

'그래도 사실은 사실이니까.'

사실을 말해줬다.

"절대악께서 드라칸을 소유하고 계시기 때문에 그렇게 큰 이슈가 되지는 않았습니다."

여기서의 키 포인트는 '절대악이 소유한다'라는 개념이었다. 쉽게 말해 절대악이 무엇을 보여줘도 그러려니 한다는 뜻이다. 2급 장군 세이비안을 한 번에 죽여 버리는 살상 무기가 있어도, 아 절대악이니까 그럴 수도 있겠다. 하고 수긍하고 넘어갔다.

"대중들은 절대악께서 무엇을 하셔도 그리 놀라지 않을 것 같습니다."

왜냐하면 그 사람이 절대악이니까요. 절대악은 상식 파괴자니까요.

"······그래요?"

한주혁이 머리를 긁적거렸다.

"예. 절대악은 기존의 상식과 개념을 완전히 뒤집고서 새로 쓰는 분이시니까요."

강재명의 얼굴이 조금 붉어졌다. 사실을 말하는 건데 괜히 부끄러웠다.

"저는 그럼 이만 나가보겠습니다."

정부 관계자들. 그리고 수많은 각국 정상들과 그 비서진들에게 '철혈의 비서실장'이라는 별명까지 얻은 강재명은 약간 수

줍게 걸음을 옮겼다.

＊

한주혁은 올림푸스에 접속했다. 현실에 던전을 만들겠다 공표하지는 않았지만 그의 계획은 이미 잡혀져 있다.

"우리는 황궁으로 향합니다."

황궁으로 향하는 지하 통로를 열 것이다. 이것은 올림푸스 내에서 진행한다. 지하 통로를 통해 황궁으로 진격하면 상급 장군 NPC가 모습을 드러낼 거다.

"어쩌면 약간은 위험할 수 있습니다."

분명 이렇게 명시되어 있었다.

-황족이 아닌 자가 그곳을 지나치려면 큰 피해를 감수해야만 할 것입니다.

꼬꼬가 키에엑! 날개를 펼치고 울었다. 주인과 함께라면 그어떤 것도 두렵지 않다는 듯한 눈빛이었다.

파티는 한주혁을 필두로 하여, 천세송, 한세아, 이주랑, 루펜달, 충성충성충성, 꼬꼬로 이루어졌다.

칸트에게는 따로 귓말을 보냈다.

-칸트. 네게 전권을 위임한다. 나를 대신하여 모든 권리를 행하도록. 지금까지 내 권한을 대행하던 앱솔루트 네크로맨서

는 나와 함께 황궁으로 가는 길을 개척할 거다.

결국 여기까지 왔다.

아주 오래전부터, 시나리오가 이렇게 진행될 거라고 예상을 해왔고 실제로 그렇게 진행이 되었다. 그 시나리오 가운데 앱솔루트 네크로맨서. 그리고 배신한 성좌인 '잿빛 마도사'는 절대악에게 꼭 필요한 클래스였다. 히든 피스를 찾아내는 꼬꼬도 마찬가지고.

루펜달이 크게 외쳤다.

"위험 따위는 아무렇지도 않습니다! 형님께 반드시 도움이 되고야 말겠습니다! 형님께서 가시는 길에 광명이 있을 것을 믿습니다!"

또 다른 배신한 성좌. 루펜달도 아마 도움이 될 거라 예상했다. 워프 마스터인 이주랑은 두말할 필요도 없고.

여기에 더해 제9장로. 팬더를 대동했다.

팬더가 두 주먹을 불끈 쥐었다.

'사실상 이 정도의 인원으로…… 황궁으로 가는 길을 뚫는다는 건 미친 짓이다.'

분명히 그렇다. 누가 봐도 미친 짓이다. 황궁으로 가는 길. 황족이 아닌 자가 그곳을 지나치려면 얼마나 큰 희생을 감수해야 하겠는가.

'그렇지만 주군과 함께다.'

그 사실 하나가 팬더를 벅차게 만들었다.

'주군과 함께하는 이 길은.'

루펜달의 말이 틀리지 않았다. 적어도 팬더는 전적으로 동의했다. 주군께서 가시는 길에는 광명만이 가득할 것이다.

'새로운 역사를 써 내려가는 길이다.'

바깥 세계의 절대악 열풍. 절대악 폭풍. 그 모든 것을 이해한다. 그리고 그 역사의 길에 함께 발걸음을 옮기고 있다는 사실이 팬더를 전율케 했다.

'이 길은 곧. 새로운 황제의 길이 될 것이다.'

한주혁이 '황궁 지하 통로' 아이템을 꺼내 들었다. 지도형 아이템이자 소모성 아이템. 모든 조건을 만족한 한주혁이 아이템을 소모시켰다.

-황궁 지하 통로로 가는 길이 열립니다.
-황족이 아닌 자는 출입이 금지되어 있습니다.

알림의 목소리가 바뀌었다. 굵은 남자의 목소리. 깊은 떨림을 가진 저음의 목소리가 천둥처럼 들려왔다.

-황족이 아닌 자. 살아서 지나치지 못하리라.

콰광!

갑자기 천둥소리가 들려왔다. 한주혁은 이것이 실제 천둥소리가 아님을 직감했다.

'우리들의 머릿속에만 들리는 소리겠네.'

쿠구구궁!

땅이 흔들렸다. 좌우로. 위아래로. 강력한 지진이 발생한 것 같았다. 그 와중에 한주혁은 천세송의 몸을 끌어안아 넘어지지 않도록 잘 잡아주었다.

-황궁 지하 통로가 활성화되었습니다.

-황궁 지하 통로의 초입에 도착하였습니다.

필드가 변했다.

아이템에 명시되어 있던 대로 이곳은 지하였다. 저만치 앞. 철문이 보였다. 저곳이 입구 같았다.

철문 양옆. 높이 약 3미터 정도 되는 곳에 두 개의 횃불이 나란히 타오르고 있었다. 그리고 그 횃불 아래.

'철갑을 입은 경비병 형태의……'

NPC?

'NPC는 아닌 것 같고.'

그렇다고 플레이어나 몬스터도 아니다. 단순히 조각이나 지형지물처럼 보기에는 저 기세가 심상치 않다.

'철갑 안은 분명히 비어 있는데.'

비어 있기는 했다. 철갑 안은 어두웠다. 눈동자는 보이지 않왔다. 지금은 그저 그림자만 그 안에 가득한 것처럼 보였다.

'NPC도 아니고. 플레이어도 아니고. 지형지물도 아니고.'

그렇다면 남는 것은 하나다.

'가디언.'

황궁 지하 통로를 지키는 가디언일 것이다. 고대의 유물. 가디언이 이곳에도 존재하는 것 같다.

한주혁 일행이 가까이 다가가자, 비어 있던 투구 안에서 붉은빛이 새어 나오기 시작했다.

한세아가 몸을 웅크렸다.

'으. 기분 나빠.'

안광이라 짐작되는 저 붉은빛은 요사스럽기 그지없었다. 핏빛을 머금은 붉은색. 괜스레 보기 싫은 소름 끼치는 느낌.

'느낌이…… 안 좋아.'

여지껏 수많은 몬스터들을 만나왔고 또 강력한 랭커들을 봐왔지만 이 정도로 불길한 느낌은 처음이었다. '불길'이라는 카테고리 안에서만 살펴보자면, 저 병사들은 정말로 불길했다. 뭐랄까. 가까이 다가가서는 안 될 것만 같은 느낌이 폴폴 풍겨져 나왔다.

'약간…… 데미안을 처음 봤을 때 같은 그런 느낌 같은데.'

굳이 비교해 보자면, 데미안은 잘 정제되어 있는 불길함. 저 병사들은 날것 그대로의 불길함. 그런 느낌이었다. 한세아는 그렇게 느꼈다.

'괜찮은 거겠지?'

괜히 한주혁 옆에 한 발자국 더 가까이 다가갔다. 누가 뭐래도. 이 자리에서 가장 안전한 곳은 오빠 옆이 아니겠는가.

철갑을 입은 병사들에게서 목소리가 새어 나왔다.

-돌아가라.

-돌아가라.

병사 둘은 대칭되는 자세로, 창을 들어 올렸다. 창끝에도 붉은색 기운이 서려 있었다.

한주혁은 창을 보자마자 느낄 수 있었다.

'최소 1급 이상.'

아니. 초월급 마법병기라고 해야 옳을 것 같다. 세상에는 공개되지 않은 초월급 마법병기. 그도 아니면, 고대로부터 내려온 고대의 아티팩트.

-신성한 피를 잇지 않은 자. 이곳을 통과할 수 없으리라.

-신성한 피를 잇지 않은 자. 이곳을 통과할 수 없으리라.

한주혁이 씨익 웃었다.

'입구에서부터 저런 놈들이란 말이지?'

레벨도 알 수 없다. 설명창이 뜨지 않아 이름도 모른다. H/P도 표시되지 않고 있다.

제9장로. 팬더가 말했다.

"주군. 제게 잠시만 시간을 주십시오."

한주혁이 허락했다. 팬더의 몸이 어둠 속에 녹아들었다.

그사이 한주혁은 새로운 사실을 하나 깨달았다.

'병사들에게는 그림자가 없네.'

분명 병사들의 머리 위에는 횃불이 불타오르고 있다. 그런데 그림자가 보이지 않았다. 마치 빛이 놈들을 투과하는 것 같았다.

팬더에게 귓말이 들려왔다.

-주군. 평범한 문지기들이 아닙니다.

그 정도는 이미 한주혁도 알고 있다. 모르골 제국의 황궁으로 가는 길이다. 평범한 놈이 있을 리 없다. 어쩌면 모르골 제국의 전력을 쏟아부은 기상천외한 것들이 이곳에 있을지도 모른다.

-문지기들이 곧 이 통로입니다. 문지기들이 사망하면 통로도 무너지는 형태인 것 같습니다.

한주혁이 걸음을 잠시 멈췄다.

'그렇단 말이지.'

문지기들을 죽이면 안 되는 설정인 것 같다. 저 병사들이 죽으면 통로가 사라진다라.

'단순히 무력만으로는 통과할 수 없는 곳이라는 뜻인데.'

팬더가 말을 더했다.

-오로지 문지기만이 문을 열 수 있는 것 같습니다.

문지기만이 문을 열 수 있는데, 황족이 아닌 자는 문지기를 통해 문을 열 수 없다. 그렇다고 문지기를 죽일 수도 없다.

-본인의 의지로 문을 연 것이 아니라, 외부의 강압이 있었다고 판단되면······. 자폭하는 설정인 것 같습니다.

팬더의 말이 전적으로 옳다고는 할 수 없다. 하지만 한주혁은 팬더의 말을 신뢰하는 편이다. 뛰어난 리더는 훌륭한 부하를 적재적소에 잘 배치하고, 그들의 능력을 한껏 끌어내는 것. 한주혁은 그렇게 생각하고 있고 실제로 그렇게 해왔다.

'팬더의 말이 맞겠지.'

그렇다면 강제로 문을 열게 할 수도 없다. 두드려 팰 수도 없고. 죽이면 안 된다. 한주혁은 병사들의 눈(눈이라 짐작되는, 붉은색 기운이 새어 나오는 부분)을 똑바로 쳐다봤다.

-팬더. 수고했다.

한주혁이 멈췄던 걸음을 옮기기 시작했다.

"모두 이곳에서 대기합니다."

혼자서 걸음을 옮겼다.

-어떻게 하실 생각이십니까?

-글쎄.

저벅. 저벅.

한주혁의 발소리만이 이곳. 지하 통로에 나직이 울려 퍼졌다.

은신해서 접근했던 팬더는 숨이 턱 막히는 기분을 느껴야만 했다. 저 병사의 붉은 안광 때문은 아니었다.

'컥!'

몸이 바들바들 떨려왔다.

'이건……'

말로 표현하기는 어려웠지만 본능적인 두려움에 가까웠다. 실체와 근원을 알 수 없는 종류의 두려움. 그것이 벌레가 되어 온몸에 기어 다니는 것 같은 느낌이었다.

'주군께서 뿜어내시는 기세.'

이 느낌. 전에도 느껴본 적이 있다. 이것은 과거 주군께서 사용하시던 스킬 중 하나의 진화판 같은 느낌이었다.

'분명히 위압이라는 이름의 스킬이었다.'

과거. 위압이라는 이름을 가지고 있던 그 스킬. 지금은 스킬이라는 개념 자체가 사라졌다. 자연스럽게 사용할 수 있다.

저벅. 저벅.

한 걸음. 한 걸음. 한주혁이 걸음을 옮길 때마다 무형의 기세가 이곳. 지하 통로를 가득 메웠다.

한세아도 숨이 턱 막혔다.

'숨 쉬기가……. 힘들어.'

한세아 역시 이 느낌을 전에도 받아본 적이 있다.

'이게 위압이라고?'

악 속성 몬스터나 개체에게 강력한 힘을 행사하는 스킬.

'나는 악 속성이 아닌데.'

그렇다고 완전히 악 속성이 아닌 것도 아니었다. 그녀는 잿빛 마도사. 배신한 성좌다. 반쯤은 악 속성에 가깝다고 해도 과언이 아니다.

'그것 때문인가?'

악 속성에 가까운 성질을 가지고 있기 때문일 수도 있었다. 숨이 턱턱 막혀오고 본질을 알 수 없는 두려움이 밀물처럼 밀려들었다. 식은땀이 줄줄 흘러내렸다.

'이게 오빠가 사용하는 위압.'

진정한 의미의 위압은 이런 것인 듯했다. 자신을 향하는 것이 아니라는 것을 잘 알고 있다. 이 위압을 받아들이는 상대는 자신이 아니라, 저 문 앞에 서 있는 문지기들이다. 철갑병들.

철갑병들의 눈에서 새어 나오는 붉은 안광이 더욱 짙어졌다. 아무것도 없는 어둠 속에서 빛나는 안광은 요사스러웠다.

저벅. 저벅.

한주혁이 걸음을 옮기자 그들의 창이 바들바들 떨리기 시작했다. 한주혁이 한 걸음 가까워질 때마다, 저들이 느끼는 위압의 크기도 비례하여 커지는 듯했다. 아니, 증폭되는 듯했다.

한주혁이 입을 열었다.

"문을 열어라."

팬더는 그 순간에도 어떻게 하면 이곳을 무사히 지나칠 수 있을까에 대해서 고민하고 또 고민했다. 그것이 패스파인더의 임무 아니겠는가. 주군을 어떻게든 잘 보필하기 위해서. 주군께 보탬이 되기 위해서. 지금 이 순간에도 생각을 열심히 하고 있다. 아주 작은 단서라도 찾기 위해서 말이다.

덜그덕. 덜그덕.

철갑병들의 팔이 고장 난 관절 인형처럼 부자연스럽게 움직였다. 창끝이 바들바들 떨리기 시작하더니 이내 눈에 확연히 보일 정도로 세차게 떨리기 시작했다.

한주혁이 다시 말했다.

"열어."

붉은 안광이 번쩍 빛났다. 빛이 폭사된 것 같았다. 그와 동시에 팬더는 신기한 광경을 목격했다.

'붉은색 눈빛이…… 변했다?'

더 이상 붉은빛이 아니었다. 아무것도 보이지 않는 투구 속에서 검은 기운이 줄줄 흘러나오고 있었다. 그림자. 혹은 검은 연기가 새어 나오는 것처럼 보였다.

-지하 통로의 문지기가 굴복합니다.

철갑병 둘이 동시에 무릎을 꿇었다. 그와 동시에 끼이익- 소리를 내며 문이 열렸다.

-지하 통로의 문이 개방됩니다.
-지하 통로의 문을 통과할 수 있는 자격을 획득하였습니다.
-지하 통로의 문은 5분간 개방 상태를 유지합니다.

병사들은 한쪽 무릎을 꿇고서 머리를 숙였다. 창을 꼿꼿이 세운 채. 한주혁을 향해 그들이 할 수 있는 최대한의 예를 차렸다.

한주혁이 말했다.

"이동합니다."

3층성은 말을 잇지 못했다. 처음에 엄청나게 긴장했다. 딱 봐도 굉장히 있어 보이는 놈들이라 긴장했다. 황궁으로 통하는 지하 통로라니. 그것도 거대제국 모르골 제국의 지하 통로. 그 문을 지키는 가디언. 아주아주 어려운 상대라고 생각했다.

'하기야……. 상대가 절대악이니.'

이제는 절대자라 불러야 옳지만, 절대악이라는 단어가 더 입에 감긴다. 그래서 3층성은 절대자라는 이름 대신 절대악이라고 부른다. 사실 세상의 많은 사람들이 다 그렇다.

'논리로 설명할 수 있는 게 아니지.'

절대악 앞에서 논리는 의미 없었다. 인터넷 논객 3층성은 논리를 버리기로 결심했다.

'절대악이 열라면 열고. 닫으라면 닫는 거야.'

절대악을 뒤따라 걸었다. 병사 옆을 지나갈 때에는 솔직히 무서웠다. 저 날카로운 창으로 자신을 찔러 버리면, 자신은 원 샷 원킬의 제물 아니겠는가. 많이 긴장한 상태로 걸었다.

그렇지만 철갑병들은 제자리에 한쪽 무릎을 꿇은 채 그 어떤 미동도 보이지 않았다.

가장 마지막에 걷던 3층성은 그들에게서 한 가지 변화를 알아차렸다.

'어?'

그들의 발끝에서부터 조금씩, 조금씩 검은색으로 변하고 있었다. 마치 흑색 갑옷으로 갈아입고 있는 것 같은 그런 느낌이었다.

'뭐지?'

문을 지나면서 뒤를 힐끗 쳐다보니 철갑병의 하반신 전체가 검게 물들어 있었다. 마치 절대악이 지나가고 나면 블랙 몹이 등장하는 것처럼, 은색의 철갑병이 흑색의 철갑병으로 변하고 있었다.

'말씀드려야 하나?'

가장 앞서서 걷고 있는 절대악은 저 변화를 모를 텐데.

'이따가 혹시 필요할 때가 있다면 말씀드려야겠다.'

지금 절대악은 선두에 선 상태. 가장 앞서서 파티를 이끌고 있는 상황이다. 저들이 검은색으로 변하고 있다는 사실. 절대악도 이미 알고 있을 수도 있다. 절대악의 집중을 깨뜨리는 행위는 하지 않기로 했다.

한편, 두 번째 자리에서 따라 걷는 팬더는 약간의 자괴감을 느껴야만 했다.

'내가 반드시 도움이 되어야 하는데.'

반드시 그러고 싶다. 스스로를 방사능 핵폐기물이라 칭하며 과거를 얼마나 반성했던가. 이제는 주군께 진정 도움이 되는 신하로 거듭나고 싶다.

'그런데……'

그런데 존재 의의가 옅어지고 있다.

지하 통로를 따라 걷다 보니 몬스터 하나가 등장했다. 더 정확히 말하자면 필드에 자연적으로 존재하는 몬스터가 아닌, 인위적으로 만들어진 몬스터였다.

'저것은 황금 거인!'

황금 거인. 고대 유적에서 아주 가끔 등장하는 고대의 가디언으로 엄청난 힘을 자랑하는 괴물이다. 물리력만으로는 놈을 제압할 수 없고, 어딘가 숨겨져 있는 핵을 파괴해야만 한다. 또한 놈의 손바닥 공격은 상당한 광역 공격 능력을 포함하고 있어서, 절대악 파티원들이 위험해질 수도 있다. 그러한 모든 정보를 전달하려고 했는데 실패했다.

'박살…… 났어.'

황금 거인의 '핵'은 보통 왼쪽 눈동자 안 깊숙한 곳에 숨겨져 있다. 마법 공격으로만 왼쪽 눈동자를 공략할 수 있다. 그것도 특수한 속성이 정해져 있다. 어떤 황금 거인을 공격하려면 물 계열 공격을. 어떤 황금 거인을 공격하려면 불 계열의 공격이 필요하다.

'재생이 안 된다고?'

그러나 주군 앞에서 그런 법칙 따위는 의미가 없는 것 같았다. 팬더는 직감했다.

'재생 속도가 파괴 속도를 따라가지 못하고 있다.'

재생을 하기도 전에 모든 몸을 분쇄해 버렸다. 황금 거인? 고대의 가디언? 그런 이름이 무색하도록. 등장하자마자 먼지가 되어 사라졌다. 검은 잿더미가 된 황금거인에게서 어떤 아이템이 드랍되었는데, 그 아이템은 매지컬 콜렉터인 3충성인 기가 막히게 수집해 냈다.

"주, 주군. 역시 대단하십니다."

팬더가 뒤따라 걸었다. 지하 통로를 따라 걷다 보니, 무엇인가가 또 모습을 드러냈다. 이번에는 이름창이 그것의 머리 위에 떠올라 있었다.

절대악 일행은 보자마자 느낄 수 있었다. 최소 던전의 최종보스급 이상의 몬스터라고.

보스존이 선포되었다.

-키메라. 우뢰의 켄타로스가 모습을 드러냅니다.

하체는 거대한 말의 형상. 상체는 사람과 비슷한 형상이었는데 양손에는 번개 모양의 노란색 창 같은 무기를 들고 있었다. 마치 번개를 형상화한 아이템 같았다.

보스존 선포와 동시에 지하 통로가 좁아졌다.

-키메라. 우뢰의 켄타로스가 분해되었습니다.

-키메라. 우뢰의 켄타로스의 재생 능력이 소멸됩니다.

-키메라. 우뢰의 켄타로스의 영구 파괴가 인정됩니다.

보스존 선포와 동시에 지하 통로가 좁아졌고, 또 그와 동시에 우뢰의 켄타로스가 사망했다.

검은 잿더미가 된 우뢰의 켄타로스에서 또 무엇인가가 드랍되었고 3충성이 빠르게 수거했다.

그다음 모습을 드러낸 것은 '미궁의 거미'라는 이름이 붙은 괴상망측한 거미였다. '미궁의 거미'는 크기 약 7미터 정도 되는 거대한 붉은 거미였는데, 털 대신에 작은 뱀과 지네 등. 독충들이 달려 있었고 얼굴은 뿔 달린 소와 같았다.

포스는 어마어마했다.

-'미궁의 거미'의 영구 파괴가 인정됩니다.

그러나 등장과 동시에 파괴되었다. 한주혁의 행보는 거기서 끝나지 않았다.

-다섯 수호자들은…….

로브를 입은 다섯 명의 인간형 가디언. 로브 모자 때문에 얼굴이 보이지 않았는데, 저들에게는 특수한 설정이 있는 것 같았다. 시스템이 특별히 그 설정에 대해서 알려주고 있었는데, 팬더는 또 알림을 들을 수 있었다.

-'다섯 수호자'들을 파괴하였습니다.

한세아가 몸을 부르르 떨었다.

'저 인간……'

저 오빠. 예전보다 더 강해진 것 같다. 방금까지 마주쳤던 모든 가디언들은 일반 필드에 공개되면, 하나하나가 재앙급이다. 예전 중국을 초토화시켰던 문타이거쯤은 애들 장난감처럼 가지고 놀 수 있을 정도의 막강한 전력들.

그런 전력을 그저 한 번 쳐다보고, 그저 한 번 가리키고, 그저 한 번 '죽어'라고 말을 했을 뿐인데. 모조리 박살 나거나 분해되거나 소멸되었다.

한세아의 긴장이 많이 풀렸다.

'내가 왜 따라왔나 싶을 정도네.'

한 마리, 한 마리 정말로 강력한 가디언들이 모습을 드러냈지만 한주혁의 손짓 한 번을 버텨내는 개체는 없었다.

'고대의 유물……. 엄청 세다고 들었는데.'

지금의 문물은 발끝에도 미치지 못한다고 들었다. 그 정도로 고대의 아티팩트는 강력한 힘을 발휘한다고 들었다. 그런데 지금 보니 그게 아닌 것 같다. 어차피 원샷 원킬. 한 방에 죽는데 강력한 힘이 무슨 소용인가.

-'새벽녘의 파수꾼'이 파괴되었습니다.
-'지옥불 악귀'가 파괴되었습니다.
-'도깨비 방망이'가 파괴되었습니다.

팬더는 점점 자신의 존재 가치에 대하여 의문을 품게 될 정
도였다. 약점을 파악하기도 전에. 어떤 공략법을 찾기도 전에
주군은 말도 안 되는 방법으로 전진했다.

'압도적인 힘으로 찍어 누른다는 게…… 이런 거구나.'

일반 던전도 아니고, 모르골 제국의 황궁으로 향하는 길이
허접하게 느껴질 정도였다. 길목 길목을 지키는 모든 가디언들
이 주군 앞에서는 그저 하루살이에 불과했다.

팬더는 자신의 존재 의의에 대해 성찰을 한 뒤, 한 가지 사
실을 깨달았다.

'저게 내가 모시는 주군……!'

꿈에도 그리던 힘 아닌가. 압도적인 힘으로 찍어 누르는 것.
무력만으로 던전 자체를 찍어 누르는 것. 패스파인더의 존재
의의조차 희미하게 만드는 말도 안 되는 능력. 그 모든 것을 주
군께서 갖추었다. 전율이 일었다.

'저것이 스카이데블의 절대자!'

진심으로 탄복하고 감탄하고 있는 가운데. 거침없이 전진하

던 한주혁이 자리에서 멈춰 섰다.

한주혁이 고개를 들어 올려 지하 통로의 천장을 쳐다봤다.

"그래. 이렇게 나와야 재미있지."

루펜달도 한주혁을 따라 고개를 들어 올렸다.

'어?'

루펜달의 몸이 움직이지 않았다. 그건 루펜달뿐만이 아니었
다. 저항력이 약한 3층성과 이주랑도 마찬가지였다. 심지어는
꼬꼬까지 움직이지 못했다. 그들 모두가 돌로 변했다.

파티원들이 전부 돌로 변했지만 한주혁은 동요하지 않았다.
그의 목소리가 지하 통로 전체에 낮게 깔렸다.

"지금 선택. 후회하지 않을 자신은 있는 거지?"

동생인 한세아마저도, 저도 모르게 무릎을 꿇릴 뻔했던 위
압의 기세가 한주혁의 몸에서 뿜어져 나오기 시작했다.

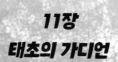

11장
태초의 가디언

한주혁이 위압을 뿜어내며 한 걸음 옮기고서 천장을 쳐다 봤다.

쉬이이이익-!

천장에는 붉은 안광을 내뿜는 한 마리의 몬스터가 보였다.

'몬스터?'

아니, 몬스터가 아니었다.

'인간인가.'

인간의 형태라고 볼 수 있었다. 완전히 발가벗은 몸. 그러나 남성이나 여성을 나타낼 수 있는 생식기는 보이지 않았다. 인간의 형상을 하고 있지만 피부 표면은 매끈했다.

"다시 한번 묻는다. 후회하지 않을 자신 있냐?"

한주혁의 음성이 지하 통로 깊숙이 스며들었다.

쉬이이익-!

여자의 형상이었다. 피부는 굉장히 하얬다. 하얗다 못해 창백할 지경. 머리카락은 뱀의 형상을 하고 있었고, 눈동자와 흰자위가 구분되어 있지 않았다. 눈이 전부 빨간색이었다. 눈에 핏물을 머금고 있는 것 같았다.

'메두사의 변형판인가.'

강력한 석화 권능을 가지고 있는 것으로 보아 그럴 확률이 높았다.

'생긴 건 징그럽네.'

저런 얼굴을 하고서 두 팔과 다리로 천장에 매달려 있다. 그런 주제에 배는 지면을 향하고 있다. 팔과 다리가 기형적으로 뒤틀려 천장을 붙잡고 있었는데, 관절이 존재하지 않는 것처럼 흐물거리며 움직였다.

쉬이이이이익-!

또다시 쉰 소리가 들려왔다. 목이 완전히 상한 늙은 여자가 말을 한다면 이런 느낌이리라.

머릿속에 울림이 있었다.

[돌아가라.]

[돌아가라.]

[돌아가라.]

역시 쉰 소리였다. '육성'이 아닌 다른 언어로 플레이어의 머릿속에 자신의 음성을 직접 전달하는 형태였다.

[돌아가라.]

[돌아가라.]

[돌아가라.]

한주혁이 뒤를 힐끗 쳐다봤다. 마법 저항력이 높은 한세아
도 조금씩 석화되어 가고 있었다. 발끝부터 조금씩. 이미 무릎
까지는 돌로 변한 상태.

[돌아가라.]

[돌아가라.]

[돌아가라.]

한주혁이 피식 웃었다.

"내가 물었잖아. 후회하지 않을 자신 있냐고."

한주혁의 말과 동시에 쿵! 하고 충격파가 터져 나왔다. 한주
혁이 따로 어떤 행동을 한 것은 아니었다. 그저 의지로 충격파
를 터뜨렸다. 한주혁의 몸을 중심으로 하여, 한주혁의 앞 방향
으로 폭풍이 몰아쳤다.

천장에 기형적으로 매달려 있던 가디언이 그 힘을 버티지
못하고 떨어져 바닥에 나뒹굴었다.

그녀의 머리카락 대신 달려 있는 뱀들이 쉬익-! 소리를 내며
거칠게 숨소리를 내뱉었다. 마치 항의하는 것 같았다. 나의 주
인을 해치지 말라고.

'그냥 죽이면 안 될 것 같은데.'

앞서 등장과 동시에 파괴해 버렸던 놈들과는 질적으로 다

른 놈이다. 정확하게 말로 표현하기는 힘들지만, '메두사'라 짐작되는 저 가디언은 근본적으로 '악'의 힘을 내포하고 있다. 아주 미세하게 말이다.

'악 속성의 힘을 멀리하는 모르골과 에르페스.'

그런데 모르골 제국으로 향하는 길. 더 정확히 말하자면 모르골 제국의 황제가 이용하는 비상 통로에 어째서 희미하게나마 악 속성의 힘이 느껴지는 가디언이 존재하는 것일까.

'성 속성이라면 이해가 되는데.'

성 속성이면 이해가 될 법하다.

'성 속성은 절대 아냐.'

한주혁의 진화된 '심안'은 메두사로부터 새어 나오는 희미한 악 속성의 기운을 느낄 수 있었다.

[자격 없는 자. 이곳을 통과하지 못하리라.]

[자격 없는 자. 이곳을 통과하지 못하리라.]

[자격 없는 자. 이곳을 통과하지 못하리라.]

메두사가 몸을 바르르 떨며 일어섰다. 그리고 한주혁을 노려봤다.

번쩍!

붉은색 안광이 터져 나왔다. 붉은색 기운이 한주혁의 몸을 감쌌다. 한주혁의 몸이 붉은색 안개에 둘러싸인 것 같았다.

알림이 들려왔다.

-석화의 권능이 작용합니다.

예전 같았으면 '파천심공'이 저항했을 거다. 하지만 이제는 그것도 의미가 없어졌다. 한주혁이 먼지를 털어내듯 몸을 툭툭 털어냈다.

그와 동시에 또 알림이 들려왔다.

-석화의 권능이 무력화되었습니다.
-석화가 취소되었습니다.

석화의 권능은 한주혁에게 그 어떤 작용도 하지 못했다. 한주혁을 집어삼킬 듯 둘러쌌던 붉은 안개는 공기 중으로 흩어져 사라져 버렸다.

한주혁이 말했다.

"묻겠다. 너는 누구냐?"

부수려면 부술 수 있다. 하지만 부수는 게 능사는 아니다.

쉬이이이익!

거친 숨소리가 들려왔다.

[나는······.]

[나는······.]

[나는······.]

대답하지 못했다. 어떤 제약이 걸려 있는 것 같았다.

한주혁이 다시 한번 위압의 기운을 뿜어냈다. 원래대로라면 악 속성의 모든 개체에게 강력한 지배력과 공포를 행사하는 힘. 그렇지만 이제는 악 속성뿐만 아니라 모든 속성에 적용되는, 속성을 초월한 권능이다.

[저는…….]

[저는…….]

[저는…….]

쉬이이이이이이이익!

거친 숨소리를 내뱉다가 비명을 내질렀다.

[끼야아아아아악!]

[끼야아아아아악!]

[끼야아아아아악!]

귀곡성이라고 해도 좋았다. 한주혁조차 머리가 지끈지끈 아파 올 정도. 하이 톤의 듣기 싫은 비명이 한주혁의 머리를 꿰뚫었다.

하지만 그 가운데에도 한주혁은 단서를 놓치지 않았다. 이제는 '나는'이 아니라 '저는'이다. 메두사는 자신의 '위압'과 '질문'에 반응을 보이고 있었다.

"묻겠다. 너는 누구냐?"

한주혁의 몸에서 다시 한번 기운이 폭사되었다. 진정한 절대자의 힘. 그 근원을 '악'으로 가진 절대자의 기운이 메두사의 몸을 짓눌렀다.

쉬이이이익!

그녀의 머리카락들이 일제히 '쉬익' 소리를 내기 시작했다.

'눈동자 색깔이 변하기 시작했어.'

핏물이 가득 담긴 눈동자에서, 이제는 그림자를 머금은 눈동자로 변했다. 기세가 조금 변했다.

'더 강해졌나?'

강해진 것 같은 기분이 들었다. 아까보다 '악 속성'의 기운이 조금 더 진하게 느껴졌다.

알몸의 메두사는 또다시 몸을 뒤집은 기형적인 형태로, 두 발과 두 팔을 사용하여 이쪽을 향해 기어왔다.

또다시 듣기 싫은 목소리가 한주혁의 머릿속에 들려왔다.

[제 이름은 하이리.]

[생명수를 지키는 수호자입니다.]

'그녀'는 수호자로 태어났다. 언제 자신이 태어났는지는 모르지만 아마도 3만 년 정도라고 생각이 된다.

그녀는 태어났을 때부터 소리를 들었다.

[지켜라.]

[생명수를.]

생명수를 탐하는 세상의 모든 무리에게서 생명수를 지켜야 할 의무가 있었다. 그녀는 그렇게 태어났다.

[바쳐라.]

[생명수를.]

생명수를 가질 수 있는 자는 오로지 한 명뿐이다. 그 한 명이 누군지는 모른다. 누군지는 모르지만 그녀는 오랫동안 생명수를 바쳐야 할 대상을 찾아왔다. 태어나면서부터 그랬고, 지금도 그랬다.

저 인간은 누구지.

맨 처음. 지하 통로에 인간이 모습을 드러냈을 때부터, 그녀는 저 인간을 주시하고 있었다. 저 인간에게서는 막대한 힘이 느껴졌다. 여태껏 단 한 번도 느껴보지 못했던 거대한 힘이었다.

생명수를 탐하는 역적인가.

그녀는 생명수를 지켜야 했다. 반드시 지켜야만 했다. 생명수를 지키기 위해서 침입자는 모조리 돌로 만들어 버려야 했다. 그것이 유일한 사명.

'아……'

그런데 그 유일한 사명을 잠시 잊었다.

'내 이름은 하이리.'

처음으로 이름이 떠올랐다. 이유는 모르겠다. 저 사내의 해일과도 같은 힘에 짓눌렸을 때. 무언가 잊고 있던 것이 떠오른 것 같은 느낌이었다.

더 이상 '지켜라', '지켜라', '지켜라'라는 목소리가 들리지 않았다.

"저는 생명수를 지켜야만 합니다."

스스로의 이름을 '하이리'라고 밝힌 그녀는 화들짝 놀랐다.

'이게 내 목소리?'

자신의 목소리를 처음 들었다. 쉬이익-! 소리가 아니었다. 목소리가 나왔다. 자신의 몸에서 변화가 있다는 것을 느꼈다.

쉬익!

쉬익!

쉬이이익!

자신의 머리카락이 변하고 있었다. 뱀들이 비명을 지르고 있었다. 뱀들이 먼지처럼 흩어져 갔다. 그 대신 새로운 머리카락이 자라기 시작했다.

석화가 완전히 진행되지 않은 천세송과 한세아는 '그녀'의 변화를 동시에 알아차렸다.

'사람이 됐어?'

그녀들은 한주혁을 완전히 믿었다. 몸의 절반이 돌로 변했지만 당황하지 않았다. 한주혁을 믿기에. 그래서 당황하지 않고 침착함을 유지할 수 있었다. 침착함을 유지한 가운데. '그녀'를 똑바로 쳐다봤다.

둘은 동시에 생각했다.

'저건 사기잖아!'

'진짜 예쁘다.'

보통 마족들은 아름답다. 남성체와 여성체를 구분할 것 없이 둘 다 아름답다. 그 마족들 중 가장 아름다운 마족을 꼽으라면, 누구나 이 '하이리'를 꼽을 것이다. 미스 에르페스로 꼽힌 천세송은 그렇게 생각했다.

나체 상태의 하이리는 한주혁을 향해 걸어왔다.

"당신이 생명수를 가질 자격이 있는 분인지 확인하고 싶어요."

그녀의 목소리는 더 이상 듣기 싫은 하이 톤의 쳇소리가 아니었다. 목소리를 보석에 비유한다면, 그녀의 목소리는 밝게 빛나는 다이아몬드에 비유할 수 있을 것이다. 목소리가 반짝반짝 빛나는 느낌이었다.

한주혁이 대답했다.

"방법은?"

그녀가 무엇인가를 암송했다.

"위대한 이의 피가 저주를 풀 것이라."

한주혁은 자연스레 저 말이 무슨 뜻인지 이해할 수 있었다.

-퀘스트. '원상 복구'가 생성되었습니다.

<원상 복구>

태초의 가디언 '하이리'에게 주어진 사명은 '생명수'를 지키는 것입니다. 자아를 되찾은 '하이리'는 당신이 '생명수의 주인'인지 몹시 궁금해하고 있습니다. 당신의 피로 석화된 동료들을 회복시키십시오. 태초의 가디언. 하이리가 찾는 절대자가 맞다면 동료들은 석화 상태에서 풀릴 것입니다. 하이리가 찾는 절대자가 당신이 아니라면 완전체가 된 하이리의 분노를 고스란히 받아들여야 할 것입니다.

한주혁은 퀘스트 창을 통해 세 가지의 단서를 얻었다.

'하이리. 생명수. 그리고 태초의 가디언.'

어쩌면 올림푸스 설정상 '태초'라고 부르는 그때부터 지금의 일은 예정되어 있을지도 모른다.

'내가 궁금한 건……'

과연 모르골 제국의 최상급 NPC. 이를테면 황제나 대공 같은 이들이 이 사실을 과연 알고 있었을까?

'모르고 있을 것 같은데.'

모르골 제국의 황제조차도 이러한 안배는 전혀 모르고 있을 것 같다. 애초에 '생명수'라는 것도 모르고 있을 것 같다는 기분이 든다.

'아니. 알고 있는 건가?'

그래서 대공이 특수한 방법을 통해 '하이리'를 이상한 모양으로 변형시키고 가두어놓은 건가?

'아직 모르겠다.'

모르긴 모르겠으되, 지금 수호자인 '하이리'는 원래의 아름다운 모습을 찾았고 자신에게 기대를 걸고 있는 중이다.

'절대자를 찾는다라.'

이미 피를 사용해 본 적이 있다. 처음이 아니라 그렇게 당황스럽지 않았다.

'옥새에 피를 묻혀 사용했었는데.'

그러고 보면 이 '피'라는 것이 상당히 중요한 열쇠가 될 것도 같다. 한주혁이 오른손 검지손가락으로 왼손 검지손가락을 톡 건드렸다. 붉은 피가 맺혔다.

붉은 피가 허공에 맺히기 시작했다. 그것은 이내 기다란 실처럼 변해, 가장 먼저 천세송을 향해 움직였다.

천세송은 그것에 크게 놀라지 않았다. 십만, 백만의 대군도 손가락질 한 번에 쓸어버리는 오빠다. 저런 것 정도쯤은 그런가 보다 했다.

하이리는 그 광경을 단 한 순간도 놓치지 않겠다는 듯 눈을 크게 떴다. 눈을 한 번도 깜빡이지 않았다.

실처럼 변한 붉은 피가 천세송의 다리를 감싸 안았다.

-플레이어 '아서'의 피가 '죽음의 석상'에 닿았습니다.
-플레이어 '아서'의 피가 '죽음의 석상'과 반응하기 시작합니다.

그와 동시에 하이리의 몸에서 번쩍! 검은빛이 새어 나왔다.

순식간에 필드가 변했다.

전체적으로 어두운 분위기의 공간. 둥그런 돔 형태의 공간이었다. 둥그런 공간 바깥쪽을 지탱하고 있는 것은 고대 그리스 신전의 기둥 같이 생긴 거대한 기둥들이었다. 원 위로 커다란 기둥들이 솟아올라 있는 듯한 느낌이었다.

한주혁은 기둥들 사이에 무엇인가를 발견할 수 있었다.

'거대 석상들.'

거대한 석상들이 보였다. 높이는 약 20미터가량 되는 것 같았다.

모두 갑옷으로 중무장한 모양새였다. 몇몇 석상들은 오른손에 십자가가 새겨진 방패를 들고 있었고 또 몇몇 석상들은 거대한 검을 들고 있었다. 또 어떤 석상들은 지팡이를 들고 있었다. 그 숫자가 정확히 열하나였다.

어느덧 석화 상태에서 빠져나온 한세아가 찔끔 놀랐다.

'뭐야?'

방금 그녀는 석상과 눈이 마주쳤다고 느꼈다.

'방금 분명……'

눈이 마주쳤다. 착각이 아니다. 눈동자가 분명히 움직였다. 너무 높은 곳에 있어서 정확하게 보이지는 않지만, 분명 석상 중 하나의 눈동자가 움직여서 이쪽을 바라봤다.

알림이 들려왔다.

-'태초의 성지'에 도착하였습니다.

이 필드의 이름이 바로 '태초의 성지'인 것 같다.

한주혁은 석상들에게서 눈을 떼지 않았다.

'저 석상들에게서…… 가공할 만한 힘이 느껴진다.'

여태까지와는 달랐다. 어마어마한 힘이 내재되어 있었다. 20미터에 달하는 거대한 신장만큼이나 말이다.

"태초의 성지로 안내하였습니다."

하이리의 몸에서 검은 기운이 새어 나왔다. 그와 동시에 석상들에게서도 검은 기운이 새어 나오기 시작했다.

천세송도 그것을 발견했다.

'석상들의 눈에서 검은 연기가 피어오르고 있어.'

열한 개의 석상들에게서 검은 연기가 피어올랐다.

하이리가 말을 이었다.

"저들은 태초의 가디언들입니다. 생명수를 지켜야만 하는 사명을 가진 이들이라 할 수 있습니다."

지금은 자아를 많이 되찾은 하이리다. 그녀는 자신이 '왜' 생명수를 지켜야 하는지는 모른다. 그냥 '지켜야 하니까' 지키는 거라고 알고 있다. 그것 자체에 의문을 갖지는 않았다. 이유는 중요하지 않다. 그렇게 태어났다.

저 석상들도 마찬가지다. 자아를 되찾은 자신보다 훨씬 더 투철한 사명감을 갖고 있다.

"태초의 가디언들은 맹목적인 사명을 가지고 있습니다."

알림이 이어졌다.

-'성스러운 피'를 확인하였습니다.
-'생명을 소생시키는 능력'을 확인하였습니다.

한주혁의 피로 인해 석화 상태가 풀렸다. 방금 들린 알림은
그것을 뜻하는 것 같았다.

스르릉-

맑은 검명이 들려왔다.

"오, 오빠! 저기!"

한세아가 외쳤지만 때는 이미 늦었다. 언제 움직였는지, 한
세아는 제대로 보지도 못했다. 무엇인가가 위험하다고 느꼈을
때는 이미 거대한 검날이 오빠의 머리를 향해 떨어져 내렸으
니까.

"……."

주변은 조용했다. 정적이 흘렀다. 한세아는 자신의 입을 막
은 채 상황을 지켜볼 수밖에 없었다.

약간의 침묵이 흐른 뒤. 루펜달이 '아아……' 하고 신음성을
내뱉었다.

"역시 형님이십니다."

감탄할 수밖에 없었다. 거대한 석상이 휘두른, 거대하지만

빛처럼 빨랐던 그 검을 한주혁의 두 손가락이 막아냈기 때문이다.

"하이리. 이건 어떻게 된 거지?"

하이리가 몸을 돌렸다.

"저는 당신의 피를 확인하였습니다. 당신의 위대한 피를 확인하였고, 그 생명의 힘을 확인하였습니다. 따라서 저는 당신을 생명수로 인도할 의무가 있습니다."

또 다른 검 하나가 날아들었다. 한주혁을 제외한 그 누구도, 그 검의 속도에 제대로 반응하지 못했다. 오로지 한주혁만이 그 검을 또 막아냈다.

땅!

검명이 울려 퍼졌다. 충격파가 일 정도의 커다란 충격이었지만, 소리는 맑았다.

한주혁이 피식 웃었다.

'손가락이 저릿저릿하네.'

위험할 정도라고 보기에는 어렵지만 손가락이 저릿한 건 사실이었다. 사실 이 정도만 해도 엄청나다고 볼 수 있다. 절대자가 된 이후로, 자신에게 이 정도의 충격을 준 생명체는 찾아볼 수 없었으니까.

"너는 나를 인정했다. 그런데 또 다른 11명의 가디언들이 나를 아직 인정하지 않았다?"

하이리가 고개를 끄덕였다.

"가디언들은 사명에 따라 움직이고 사명에 의해 존재하는 자."

"그래?"

한주혁이 손가락에 힘을 줬다.

콰지지직-!

루펜달은 무엇인가를 발견할 수 있었다.

'저 거대한 칼이……!'

부서지고 있었다. 길이만 족히 10미터가 넘어 보이는 거대한 칼에 금이 가기 시작했다.

'손가락 두 개로?'

손가락 두 개. 그 두 개로 잡아낸 칼날 끝이 부서지기 시작하더니, 이내 검 전체가 먼지가 되어버렸다.

"그래서. 저들의 선택을 받을 수 있는 방법은?"

하이리는 순간 말을 잇지 못했다.

"……."

한주혁은 말을 잇지 못하는 하이리를 보며 찬찬히 기다려주었다. 하이리는 인간은 아니다. 인간과 비슷한 형상을 하고 있는 가디언이다. 어떠한 목적을 가지고 만들어진 인공 생물체. 어떠한 '사명'에 대하여 투철하고 맹목적이다. 그에 따라 모든 프로세스가 조율되어 있다.

'상황에 따라서는 효율적일 수 있겠지만…….'

지금 같은 경우는 다를 것이다.

'손가락 두 개로 검을 부숴 버리는 건 시나리오에 없었겠지.'

아마 그럴 것이다. 이 상황을 파악하고 인지하고, 그에 따른 대처를 하는 데 시간이 좀 오래 걸리는 것 같다.

약 30초의 시간이 흐르고 나서야 하이리가 입을 열었다.

"생명수를 지키는 태초의 가디언은 총 열둘입니다."

석상들 열하나. 하이리 하나. 그렇게 해서 열둘.

'공교롭게도 12장로와 숫자가 같네.'

우연인지 아닌지는 모른다. 애초에 이곳 필드가 원래부터 '황궁 지하 통로'에 계획되어 있는, 그러니까 모르골 제국에서 설계한 곳인지 아닌지도 모른다. 한주혁은 지금 이곳을 '히든 필드'라고 파악하고 있다. 모르골 제국에서조차도 파악하지 못한 히든 필드.

'아마도 나만 발견한, 이를테면 샛길 같은 거 같은데.'

언제부터 이렇게 되었는지는 모른다. 다만 아직까지도 1급 혹은 2급 장군의 입질이 없다. 샛길로 빠진 게 맞는 것 같다는 생각이 든다.

'악 속성의 기운을 내뿜는, 12기나 되는 태초의 가디언과 나를 만나게 했을까?'

생명수가 뭔지는 모르겠지만 굉장히 중요한 것 같은데. 만에 하나라도 절대악이 그것을 얻게 될 가능성을 열어두었을까? 한주혁이 생각한 답은 '아니오'였다.

"태초의 가디언에게는 제각기 부여되어 있는 성질이 있습니다."

한주혁을 향해 불덩이가 날아들었다. 멀리서 날아오는가 싶었던 불덩이는 허공에서 사라졌다.

잿빛 마도사 한세아는 깜짝 놀랐다.

'마법의 기척이 순식간에 사라졌어.'

사라졌던 마법이 한주혁의 앞뒤, 양옆에서 동시에 모습을 드러냈다. 마법 캐스팅이 아예 취소된 것처럼 보였었는데, 그렇지 않은 것 같다. 마법 자체가 순간 이동을 한 것 같았다.

한주혁이 불기둥에 갇혔다.

'불길의 농도가……'

'농도'라고 표현하기에는 조금 이상하긴 했지만 한세아는 그렇게 느꼈다. 불길의 농도가 그 어떤 불길보다 진했다. '불'을 순도로 측정할 수 있다면, 저 불은 그녀가 봐왔던 모든 불들 중에서 가장 순도 높은 불길 같은 느낌이었다.

'오빠는 괜찮겠지?'

다른 것도 마찬가지지만 특히 '불'에 대해서는 특별한 내성을 가지고 있는 사람이 오빠라는 걸 안다.

그래도 걱정되는 건 맞다. 어쨌든 사람이 불구덩이에 갇힌 셈이니까.

게다가 지금 펼쳐진 저 불기둥 마법은 평범한 불기둥 마법이라 보기 힘들었다.

'외부로 마법력이 새어 나오지 않을 정도의 완벽한 마법 컨트롤.'

눈으로 보기에는 정말로 강력한 '순도 높은 불길'이 오빠를 뒤덮고 있는데, 외부에서는 그게 잘 느껴지지 않는다. 눈으로 봐야만 보인다. 이게 참 이상하다. 눈으로 보면 보이는데, 마나는 전혀 느껴지지 않으니까.

'그만큼 모든 마법력이 오빠에게 집중되어 있다는 얘기인데……'

오빠니까 괜찮겠지. 오빠니까 아무렇지도 않을 거야. 오빠니까. 그렇게 생각은 하지만 막상 눈앞에서 오빠가 불 속에 갇히면, 사실 그렇게 유쾌하지는 못하다.

불길 속에서 목소리가 들려왔다.

"나를 보좌하는 성스러운 피의 후손들을 증명하란 말이지."

동생의 걱정과는 별개로, 한주혁은 불길에 별로 타격을 입지 않았다. 이 불 공격이 대단한 것은 맞다. 아마 이 마법을 사용하는 마법사가 나쁜 마음을 가지고 플레이어를 습격하기 시작하면 그야말로 대재앙이 벌어질 거다.

밸런스가 붕괴된 보스 몬스터가 플레이어들을 학살하는 꼴이니까.

다만, 그 밸런스 붕괴된 보스 몬스터를 상대하는 사람이 밸런스 파괴자 플레이어라면 얘기가 조금 다르겠지만.

'12장로. 태초의 가디언 12기.'

이 둘은 서로 무관하지 않은 것 같다. 이 시나리오는 시종일관 '신성한 피'를 시험하고 있다. 한주혁이 생각하기에 이 '신성한 피'는 '진정한 황제'의 피를 말하는 것 같다.

'내가 진정한 황제라면……'

설정상 한주혁 자신은 맨브라암의 후손. 그리고 이곳이 맨브라암의 후손임을 시험하는 장이라면, 그를 돕는 12명의 장로를 증명하는 것이 맞는 것 같다는 판단이 섰다.

한주혁에게 알림이 들려왔다.

-후손들을 증명하십시오.

그 후손들을 증명하는 방법. 쉬운 방법이 있다.

'충성 서약서.'

한주혁이 충성 서약서를 활성화시켰다. 본래는 플레이어 본인에게만 보이는 것이지만, 이번에는 육안으로 보이도록 아예 '가시화' 상태로 오픈했다.

"12명의 장로가 내게 충성을 맹세했다. 이 서약서는 그것을 증명한다."

불길은 아직 꺼지지 않았다.

-12명의 후손들을 확인합니다.

-후손들의 자격을 확인합니다.

-후손들의 자격이 충분합니다.

또 다른 알림이 들려왔다. 이번에는 질문 형태의 알림이었다.

-12명의 적법한 자질을 가진 이들이 당신을 진심으로 인정하였습니까? Y/N

머릿속에는 정보가 밀려들었다. 한주혁 자신을 감싸고 있는 이 불꽃은 '태초의 불꽃'이며 거짓을 판가름하는 능력을 가졌단다. 이 안에서 거짓을 말할 경우, 존재 자체가 소멸되는 특수한 필드란다.

-대답을 보류하면 '태초의 성지' 소환은 취소됩니다.

거짓을 말하면 캐릭터가 사라진다. 여기서 '존재'라고 말을 했으니, 어쩌면 현실의 몸이 죽을지도 모른다. 하지만 보류라는 선택지도 남아 있다.

'내 첫 시나리오 퀘스트가 여기서 이어지는 건가.'

12장로가 처음부터 자신에게 충성을 맹세했던 건 아니었다. 맨 처음 한주혁은 그들의 인정을 받아야만 했다. 그들의 인정. 그때는 단순히 그것이 목적인 것 같았으나 돌이켜 보니 아닌 듯했다.

'시스템에서 인정을 했어.'

아예 초반부터 '인정했다'라고 정확하게 짚어주었다. 확실한 답안지를 이미 알고 있다.

'YES.'

또다시 알림이 들려왔다.

-'황제의 자격'을 증명하십시오.

불길이 더욱 세차게 타오르기 시작했다. 한주혁의 이마에서 땀이 흘러내렸다.

'이 정도의 마나면 베르디도 엄두 못 낼 정도인데.'

대마도사 혹은 대마법사라고 해도 이 정도 마법력은 뿜어내지 못할 텐데. 확실히 이건 일반 마법은 아니었다. 단순히 '태초의 가디언'이 뿜어냈다고 보기에도 어렵다. 이것이 어쩌면 '생명수'와 연관이 있는 건 아닐까.

'황제의 자격을 증명하라니.'

황제의 자격. 그게 무엇을 뜻하는 것일까. 마음에 안 들면 여태껏 그래왔듯, 모두 힘으로 찍어 누르고 탈출하는 방법도 있다.

'그건 정답이 아냐.'

아닐 거라는 확신이 강하게 들었다. 이건 어쩌면 시스템이 자신을 위해 준비한 또 다른 '안배'일 수도 있었다. 그리고 언제나 그러했듯, 시스템의 안배는 자신에게 큰 도움이 되어왔었다.

생각을 잠시 해봤다.

'황제의 자격이라면……'

답은 어렵지 않았다.

"내 자격을 증명하겠다."

to be continued